DER VERBOTENE HERZOG

DIE UNBERÜHRBAREN

BOOK EINS

DARCY BURKE

Translated by
ANNA GROSSMAN

Zealous Quill Press

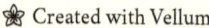

DER VERBOTENE HERZOG

Die Jungfer Miss Eleanor Lockhart ist plötzlich ohne Obdach und eine Anstellung ist ihre einzige Option. Von der Gesellschaft geächtet, nachdem sie vor fast einem Jahrzehnt dem übermäßigen Charme eines Schurken erlegen war, hat sie das Glück, eine Stelle als bezahlte Gesellschafterin zu bekommen und ist dazu verpflichtet, sich mit äußerster Anständigkeit zu benehmen. Keinesfalls sollte sie in den Armen eines Mannes liegen, der in der Lage ist, das, was von ihrem Ruf übriggeblieben ist, völlig zu zerstören ...

Titus St. John, Duke of Kendal, ist bekannt als der Verbotene Herzog, eine mysteriöse, angsteinflößende Persönlichkeit, die sich nur einmal im Jahr, auf dem Ball seiner Stiefmutter, der vornehmen Gesellschaft stellt. Er war der leichtsinnige Schurke, dessen unbesonnener Genuss aller Freuden des Lebens ein Jahrzehnt zuvor für Eleanor Lockharts Verderben mitverantwortlich war und zu seiner selbst auferlegten Isolation führte. Jetzt ist sie zurückgekehrt und braucht seine Hilfe. Aber indem er sie ›rettet‹, könnte er ihr Leben wieder ruinieren.

Für Mr. Wright
Danke, dass Sie die Mittelstufe lebenswert und das Studium der Geschichte zu einem so wichtigen Teil meines Lebens gemacht haben.

KAPITEL EINS

ST. IVES, ENGLAND, FEBRUAR 1811

Miss Eleanor Lockhart starrte ihren Vater mit unverhohlenem Schock an. »Du verfügst über keinerlei finanzielle Mittel mehr?«

Davis Lockhart zog an seinem Ärmel, eine vertraute Geste, die sein Unbehagen ob dieser Befragung geradezu herausschrie. »Nicht über ausreichend Mittel, um diesen Haushalt zu unterhalten.« Er richtete seine entschuldigenden, dunkelbraunen Augen auf sie. »Und nicht genug, um dich zu unterhalten.«

Nora starrte ihn aus der Tiefe der alten Couch an, deren gebrochenes Bein mit einem Stapel Bücher gestützt wurde. Er hatte sein ganzes Geld – oder fast alles, wie es schien – in ein letztendlich erfolgloses Vorhaben investiert und verloren. »Was war es noch einmal?«, fragte sie und schüttelte den Kopf.

Vater war schon immer ein bisschen verwirrt gewesen,

aber sie hatte die Tragweite seiner Ungeschicklichkeit, wenn es um finanzielle Angelegenheiten ging, nicht erkannt.

Er hustete. »Eine bauliche Angelegenheit in Sussex.«

Das klang schrecklich vage. Leider hatte sie den Verdacht, dass er keine detailliertere Beschreibung geben konnte – wahrscheinlich, weil er keine Ahnung hatte.

»Was soll ich dann tun?« Sie stellte die Frage offen und ohne Emotionen, trotz ihres bebenden Herzens und der Angst, die sich durch ihre Glieder ausbreitete, als sie darüber nachdachte, wie ihre Zukunft aussehen mochte. Ohne Ehemann und mit nichts als einer skandalösen Vergangenheit, die untrennbar mit ihr verbunden war, blieben Nora nur wenige Möglichkeiten.

Vater richtete sich auf und wandte sich dem Fenster zu, das auf ihr kleines Grundstück am Rande der Stadt blickte. Er hatte das Haus und den zugehörigen Garten gepachtet. Es war ihr zu Hause – wo Nora und ihre Schwester aufgewachsen waren, wo sie ihre aufregende Zukunft als Gräfin oder Herzogin geplant hatten, wohin Nora zurückgekehrt war, ausgestoßen, nachdem sie London mitten in ihrer zweiten Saison geächtet verlassen hatte. Nora hatte angenommen, dass sie hier ihr Leben als Jungfer verbringen würde, bis sie ihr eigenes kleines Cottage mit dem bescheidenen Einkommen, das ihr Vater ihr hinterlassen würde, finden musste. Doch das sollte nicht sein.

»Deine Schwester würde dich sicher aufnehmen«, sagte Vater, ohne sie anzusehen.

Nora bezweifelte das. Nicht, weil Joanna es nicht wollte, sondern weil ihr Ehemann, der Pfarrer, es wahrscheinlich verbieten würde. Nora war eine Paria, eine lose Frau, die dabei erwischt worden war, wie sie einen Gentleman küsste, der nicht ihr Ehemann oder ihr Verlobter war. Sie war nicht die Art von Frau, die Matthias Shaw in seinem Pfarrhaus willkommen heißen würde.

»Das ist unwahrscheinlich«, sagte Nora leise, ihr Verstand arbeitete, obwohl ihr Geist versagte.

»Vielleicht wird dich die Frau von Cousin Frederick aufnehmen.«

Cousin Frederick, der vor fünf Jahren gestorben war? Vor zehn Jahren hatten er und seine Frau, die Tochter eines Barons, Nora unterstützt. Sie waren freundlich und großzügig gewesen und Nora hatte sie mit ihrem skandalösen Verhalten auf entsetzliche und beschämende Weise gedemütigt. Nachdem sie in Ungnade gefallen war, hatten sie Nora unverzüglich nach St. Ives zurückgeschickt, mit der ausdrücklichen Erklärung, dass sie Jo nicht zu einer Saison in London verhelfen würden.

Nach dem Tod von Cousin Frederick hatte seine Frau Clara wieder geheiratet und Nora konnte sich nicht vorstellen, dass sie noch einmal ihr Zuhause für die Frau öffnen würde, deren Verhalten sie völlig in Verlegenheit gebracht hatte. Vielleicht, wenn die Tore zur Unterwelt mit Frost bedeckt waren.

Nora machte sich nicht einmal die Mühe, auf den lächerlichen Vorschlag ihres Vaters zu reagieren. Stattdessen warf sie ihm einen finsteren Blick zu und biss ihre Zähne hinter fest verschlossenen Lippen zusammen.

Er lächelte seinerseits. Es war vielmehr ein schmerzhaftes Dehnen seines Mundes, das lediglich verdeutlichte, wie ungern er sich einer Auseinandersetzung, insbesondere mit einer seiner Töchter, stellte. »Ich vermute, du könntest eine Anstellung als Gesellschafterin einer Dame oder vielleicht als Gouvernante finden.«

Er äußerte seine Bemerkung unbekümmert, als ob eine solche Beschäftigung an Bäumen wachsen und nur darauf warten würde, gepflückt zu werden. »Da stellt sich nur die Frage, wie ich das bewerkstelligen soll.«

Seine Stirn runzelte sich und sein Blick wurde düster.

»Woher soll ich das wissen? Es wird dir schon gelingen. Du bist ein kluges Mädchen, wie deine Mutter.«

Sein Ton wurde sanfter. Er war kein besonders sentimentaler Vater, aber Nora wusste, dass er ihre Mutter geliebt hatte und sie noch immer vermisste, obwohl schon zwanzig Jahre vergangen waren seit ihrem Tod. Nora stand auf, in der Absicht, sofort mit ihrer Schwester zu sprechen. Jo mochte vielleicht keine Ratschläge haben, aber sie hatte zumindest ein offenes Ohr. Das einzige, das Nora hatte.

Der Nachmittag war kühl und bewölkt, aber Nora war von ihrem Spaziergang ziemlich warm, als sie das Pfarrhaus auf der anderen Seite des Dorfes erreichte. Jos Haushälterin, Mrs. Kettler, führte Nora in das kleine Wohnzimmer, um dort auf ihre Schwester zu warten.

Kurz darauf trat Jo ein, ihr dunkelbraunes Haar war adrett frisiert und ihre haselnussbraunen Augen blickten aufmerksam und abschätzend. »Ich habe dich heute nicht erwartet.«

Was sie nicht sagte, war, dass ihr Mann keine Überraschungen mochte, besonders nicht von Jos geächteter Schwester. »Ich weiß. Ich musste dringend mit dir sprechen. Wir können einen Spaziergang machen, wenn du willst.«

Jos Augenbrauen zogen sich zusammen. »Was ist los?«

Nora sah keinen Grund, die Wahrheit zu beschönigen. Jo kannte die Fehler ihres Vaters so gut wie jeder andere. »Vater hat sein Geld in einem Anlageprogramm verloren. Er zieht in ein kleines Cottage auf dem Hof seines Schwagers in Dorset.«

Jos Augen weiteten sich vor Verwunderung. »In der Tat? Ich hatte nicht erwartet, dass Tante Polly etwas an Vater liegt.«

Polly war Vaters jüngere Schwester und sie kamen nicht gut miteinander aus. Nora und Jo hatten sie im Laufe ihres Lebens viermal getroffen.»Er wird in einem winzigen Cottage an einer weit abgelegenen Stelle ihrer Schafweide wohnen. Ich wage zu behaupten, dass sie ihn so gut wie möglich meiden wird.«

»Dennoch nimmt sie ihn so auf gewisse Art und Weise auf«, sagte Jo.

Das war wohl wahr. Und obwohl das Haus, in dem sie Noras Vater Obdach gewährten, nicht groß genug war, um auch Nora aufzunehmen, hatten sie vielleicht Platz in ihrem Haus. Zudem hatten sie Kinder. Möglicherweise brauchten sie eine Gouvernante. Bei diesem Gedanken hätte Nora fast gelacht. Sie waren nicht die Art von Leuten, die eine Gouvernante hatten. Sie lebten auf dem Land, weil sie ein einfaches Leben bevorzugten.

Jo bedeutete Nora, das Wohnzimmer mit ihr zu verlassen. »Lass uns diesen Spaziergang machen.« Sie ging in den Eingangsbereich, wo sie Handschuhe anzog und einen Hut aufsetzte. »Wird es mir so warm genug sein?«

Nora trug eines der wenigen brauchbaren Kleider, die sie besaß – aus leichter Wolle – und ansonsten nichts, was zusätzliche Wärme brachte. »Zuerst wird dir ein wenig kalt sein, aber du wirst dich aufwärmen.«

Jo nickte und öffnete die Tür für Nora, damit sie nach draußen vorausgehen konnte. »Wirst du mit ihm nach Dorset gehen?«

Die Sonne schien nun durch die Wolken. Nora neigte ihren Kopf nach unten, sodass der Rand ihrer Haube ihre Augen schattierte. »Dort ist kein Platz für mich. Ich muss ein anderes Arrangement finden.«

Jo hielt in ihrer Bewegung inne und wandte sich um, um Nora anzustarren. »Du kannst nicht meinen …«

Sanft berührte Nora den Arm ihrer jüngeren Schwester. »Nein, ich erwarte nicht, bei dir zu leben. Ich weiß, Matthias würde das nie erlauben.«

Jo atmete aus, es lag ein gequälter Ausdruck auf ihrem Antlitz. »Es tut mir leid.«

»Das muss es nicht. Es ist meine Schuld, dass du mit so einem Sturkopf verheiratet bist.« Noras skandalöses Verhalten hatte die Chancen ihrer Schwester auf eine Saison ruiniert.

Jo runzelte die Stirn, während sie zurück zum Pfarrhaus blickte. »Sag das nicht. Ich weiß, dass du ihn als unnachgiebig und voreingenommen betrachtest, was, wie ich meine, nicht die besten Eigenschaften für einen Pfarrer sind«, sagte sie ironisch. »Aber er ist ein guter Ehemann. Ich hätte es viel schlimmer treffen können.«

Ich könnte unverheiratet sein, wie du.

Die unausgesprochenen Worte drangen in Noras Bewusstsein ein und ließen sich dort nieder. Das war nicht das Leben, das sie geplant hatte. Allein. Einsam. Und nun lag eine völlig ungewisse Zukunft vor ihr. Nur, weil sie mit dem falschen Mann geflirtet und törichterweise seine liebestrunkene, fadenscheinige Einladung angenommen hatte, ihn privat zu treffen. Sie war für diesen Schlamassel selbst verantwortlich.

Nora setzte sich wieder in Bewegung und sie liefen auf dem schmalen Weg, der zum Pfarrhaus führte, bevor sie über das Feld zu einem flachen Bach gingen, an dem sie im Sommer gerne Picknicks veranstalteten. »Wie dem auch sei, ich hatte gehofft, dass du mir dabei helfen könntest, eine Lösung für mein Problem zu finden. Ich bezweifle, dass Tante Polly mich aufnehmen würde.«

Jo verzog das Gesicht. »Du würdest sicher nicht auf einer Schaffarm leben wollen. Ich nehme nicht an, dass Cousine Clara dir erlauben würde, bei ihr unterzukommen, nicht nach dem, was passiert ist. Nein, dieser Weg ist dir verschlossen, denke ich.«

Gänzlich verschlossen. Nora nickte zustimmend. »Vater

schlug vor, dass ich Gouvernante oder die Gesellschafterin einer Dame werden könnte.«

»Das ist keine allzu schreckliche Vorstellung«, sagte Jo. »Ist für eine solche Anstellung Erfahrung erforderlich?«

Nora zuckte mit den Schultern. »Wie schwierig kann das schon sein? Besonders als Gesellschafterin einer Dame?«

Jo zuckte zusammen. »Könnte deine … Vergangenheit der Erlangung einer derartigen Anstellung im Wege stehen?«

Nora atmete aus. »Ich weiß es nicht. Aber mir scheint, als hätte ich keine andere Wahl. Ich werde eine Anfrage an eine Agentur in London richten.«

»Möglicherweise solltest du einen anderen Namen verwenden – vielleicht nimmst du den Geburtsnamen unserer Mutter.«

Nora lächelte, als sie einen Seitenblick auf ihre Schwester warf. »Und Eleanor Godbehere werden?« Sie kicherten beide.

Jo schüttelte den Kopf. »Unsere arme Mutter hatte den wohl tragischsten Nachnamen.«

Und den wohl unpassendsten dazu, denn Gott schien nicht anwesend gewesen zu sein, als sie einer langen und besonders schmerzhaften Krankheit erlegen war, als Nora gerade sieben und Jo nur fünf Jahre alt war.

Als sie sich dem Bach näherten, blieb Nora stehen und betrachtete ihre jüngere Schwester, deren Leben sie vor neun Jahren versehentlich auch ruiniert hatte. »Ich denke, ich würde es vorziehen, ehrlich in Bezug auf meine Person zu sein. Zuallererst war es Unaufrichtigkeit, die mir einst zum Verhängnis wurde.« Damals hatte sie Cousine Clara, ihrer Gönnerin, versichert, dass sie mit einer anderen jungen Dame den Ruheraum aufsuchen würde. Stattdessen war Nora in die Bibliothek gegangen, um Lord Haywood zu treffen, den Mann, in den sie sich verliebt hatte.

Jo schlenderte zum Ufer des Baches. »Ich nehme an, das

ist das Beste, was man in deiner Situation tun kann.« Sie lächelte Nora an. »Du bist auch nicht mehr das törichte Mädchen, das du vor neun Jahren warst.«

»Gott sei Dank, nein.« Nora erschauderte, als sie an diese großäugige, naive junge Dame dachte. Wenn sie zurückgehen und sich anders verhalten könnte, würde sie es ohne zu zögern tun. Sie beugte sich hinunter und hob einen glatten Stein auf, dann ging sie zu Jo und ließ den Stein mit einer geschickten Bewegung ihres Handgelenks über das Wasser springen.

»Macht dich der Gedanke, nach London zu gehen, nicht bange?«, fragte Jo.

Nora dachte darüber nach, was sie sagen oder tun würde, wenn sie auf die Menschen traf, die sie so schnell verachtet hatten, oder schlimmer noch, wenn sie Lord Haywood begegnete. Sie schüttelte den Kopf. Es war zu verfrüht, darüber nachzudenken. »Es könnte sein, dass ich schlussendlich nicht einmal in London arbeiten werde.«

»Wenn du eine Anstellung als Gesellschafterin anstrebst, wage ich zu behaupten, dass du genau dort sein wirst, insbesondere zu Beginn der Saison.«

In der Tat wäre dies das beste Arrangement. Der Gedanke, nach London zurückzukehren – zu den Dinner-Partys, den Promenaden, den Bällen – war etwas beängstigend, aber es wäre auch eine Abkehr von dem einsamen Leben, das sie in St. Ives geführt hatte. Es wäre auch viel reizvoller als das Leben auf einer Schafweide.

»Versprichst du mir, jeden Tag zu schreiben?«, fragte Jo mit einem ernsten und intensiven Blick. »Ich werde dir auch schreiben – als Beistand.«

Nora stupste Jos Arm, als sie Seite an Seite mit Blick auf den Bach standen. Sie war unermesslich froh, zumindest diese eine Verbündete zu haben. »Das werde ich.«

»Ich wünschte, Mutter wäre nicht gestorben«, sagte Jo

leise, ihr Blick richtete sich auf das Wasser und ihre Mundwinkel wanderten nach unten.

Nora legte ihren Arm um Jos Schultern. »Das wünschte ich mir auch, aber wenigstens haben wir uns.«

Jo schenkte ihrer Schwester ein warmes Lächeln. »Dem ist so und das wird auch immer so bleiben. Wenn du keine Angst vor London hast, dann mache auch ich mir keine Sorgen. Ich möchte nicht, dass du noch einmal verletzt wirst.«

Nora schätzte Jos Besorgnis mehr, als diese ahnen konnte. Sie ließ Jo los und beugte sich hinunter, um einen weiteren Stein aufzuheben. »Es ist unwahrscheinlich, dass so etwas noch einmal passiert – ich habe meine Lektion gelernt.« Sie warf den Stein in den Bach.

Jo legte sich erschrocken eine Hand auf den Mund. Als sie sie wieder herunternahm, sagte sie: »Du solltest das Schicksal nicht noch einmal so auf die Probe stellen.«

Das sollte sie fürwahr nicht, aber es schien, als hätte Nora keine andere Wahl.

~

*T*itus St. John, der fünfte Duke of Kendal, saß allein in seinem privaten Esszimmer bei Brooks's, so wie er es immer tat, wenn er in der Stadt sein musste. Es war eine der wenigen öffentlichen Aktivitäten, die er sich erlaubte – nicht, dass sie auch nur annähernd öffentlich wäre. Dezente Harmonien von Lachen und Konversation erreichten seine Ohren, wenn ein Lakai die Tür öffnete, um ihm sein Essen zu bringen oder seinen Whisky aufzufüllen. Er empfand die Geräusche nicht als angenehm. Nein, er fand sie weitestgehend abstoßend, was einige, die ihn in seiner Jugend gekannt hatten, seltsam finden würden. Er war einmal von einer solchen Geselligkeit angezogen worden, wie ein Vogel von einer leuchtenden, duftenden Blume.

Als junger Mann und Marquis von Ravenglass hatte er vor dem Tod seines Vaters alle Vorzüge seines Titels und seines Vermögens ausgekostet. Er hatte gespielt. Er hatte exorbitante Summen ausgegeben. Er hatte sich einen schrecklichen Ruf als Bonvivant erworben. Er hatte sich ungemein amüsiert, bis ihn eine Reihe von Ereignissen vollständig und unwiderruflich von seinem selbst konstruierten Sockel gestoßen hatte. Seitdem hatte er sich von all den Dingen abgewandt, die ihn einst definiert hatten.

»Eure Hoheit?«

Titus sah zu dem Lakaien auf, der soeben eingetreten war, und erblickte seinen Stiefvater, der neben ihm über die Schwelle schritt. »Guten Abend, Satterfield.«

»Guten Abend, Kendal.« Der Graf nickte, sein fast kahler Kopf leuchtete im Lampenlicht. »Deine Mutter lässt dich grüßen.«

Seine Stiefmutter – aber im Grunde die einzige Mutter, die er je gekannt hatte. Titus war erst fünf Jahre alt gewesen, als sie seinen Vater geheiratet hatte, und sie hatte sich um Titus gekümmert, als ob er ihr eigener Sohn gewesen wäre. Vor fast sieben Jahren vermählte sie sich mit Satterfield, nach einer mehr als angemessenen zweijährigen Trauerzeit nach dem Tod von Titus' Vater.

Der Lakai goss ein Glas Whisky ein und reichte es Satterfield, dann zog er sich zurück.

Satterfield schloss sich Titus in der Nähe des Kamins an und nahm auf dem Sessel vis-à-vis von ihm Platz. »Deine Mutter wollte auch, dass ich dich bedränge, uns mit deiner Anwesenheit zum Tee am morgigen Tage zu beehren, was ich aber nicht tun werde.«

Titus blickte ihn mit einer gehobenen Augenbraue über sein Whiskyglas hinweg an. »Das hast du soeben getan.«

»Ich habe es *erwähnt*. Das wird mir großen Kummer mit ihr ersparen, denn ich kann ehrlich sagen, dass wir darüber gesprochen haben. Damen sind ein kompliziertes Geschäft.« Er schenkte Titus einen aussagekräftigen Blick, der wahrscheinlich zu vermitteln versuchte: *Was du wissen würdest, wenn du verheiratet wärst.*

Titus' Status als unverheirateter Mann war die einzige Quelle des Unfriedens zwischen ihm und seiner Stiefmutter. Jedes Mal, wenn sie ihm schrieb oder ihn in Persona sah, fragte sie, wann er sich eine Ehefrau nehmen würde. Es war ein unvermeidliches Thema – eines, von dem er sicher war, dass es morgen zur Sprache käme, wenn er zum Tee anwesend wäre.

»Hat sie dich ebenfalls gebeten, mich wegen einer Heirat zu bedrängen?«

Satterfield lachte in sich hinein. »Nein. Ich glaube, sie hat endlich deinen Status der Ehelosigkeit akzeptiert. Sie stellt eine Gesellschafterin ein.«

Titus lehnte sich leicht nach vorne. »In der Tat? Wann hat sie das entschieden?«

»Eine ihrer Freundinnen schlug es kürzlich vor – etwas, eher jemand, um sie beschäftigt zu halten.«

»War das nicht der Grund, warum sie dich geheiratet hat?«, fragte Titus kühl. Seine Stiefmutter war es nie müde geworden, ihm zu versichern, dass er, wenn er sich eine Ehefrau nähme, nicht mehr einsam sein würde. Nur, dass Titus nicht einsam war, er war allein. Das war nicht dasselbe.

»Es gibt bestimmte Aktivitäten, die ich selbst unter Androhung von Folter nicht über mich ergehen lassen würde, wie ein Einkaufsbummel.« Satterfield erschauderte. »Deine Mutter liebt es, einzukaufen. Selbstredend geht sie mit Freundinnen, aber eine Gesellschafterin würde jederzeit bereitstehen, verstehst du?«

Titus verstand und war mit dieser Entwicklung sehr

zufrieden. Mit einer Gesellschafterin, die es zu managen galt, würde sie Titus in Ruhe lassen, wenn es um die Eheanbahnung ging. Großartig. Er hob sein Whiskyglas. »Richte ihr aus, dass ich zum Tee kommen werde.«

Die Tür öffnete sich ruckartig und schlug mit einem Knall gegen die Wand. Ein junger Mann, dessen Halstuch schief hing, stolperte hinein. »Das ist Fitzpatricks Zimmer?«, murmelte er.

Titus registrierte das zerzauste Haar und die geröteten Wangen des Störenfrieds und kam zu dem Schluss, dass dieser ordentlich betrunken war. »Nein.«

Ein zweiter Mann, einige Jahre älter als der erste, erschien hinter dem jungen Mann. Er umklammerte die Schulter des jüngeren Mannes, seine Augen verengten sich und schauten missbilligend, als er ihn über die Schwelle zurückzog. »Mein Gott, Lyndhurst, das ist Kendals Zimmer«, zischte er. Er blickte entschuldigend auf Titus und murmelte: »Tut mir leid, Eure Hoheit.«

Titus nickte. »Machen Sie die Tür hinter sich zu.«

»Natürlich.« Der Mann, der Marquis von Axbridge, so glaubte Titus, schob den betrunkenen Lyndhurst aus dem Raum und schloss dann die Tür so leise wie möglich.

»Amüsiert dich ihre Ehrerbietung?«, fragte Satterfield und sah ihn schief an. Er schüttelte den Kopf. »Ach, ich weiß ja, dass es das nicht tut.«

Nein, das tat es nicht. Es war jedoch eine Erleichterung, denn es hatte den Effekt, dass sie einen weiten Bogen um ihn machten. Er hatte keine Geduld mit derartigen Eskapaden dieser Einfaltspinsel. Mit der Abkehr von seinem eigenen lasterhaften Verhalten hatte er die Fähigkeit verloren, es bei jemand anderem zu tolerieren. Und das war auch der Gesellschaft bewusst.

»Sie sind zumeist harmlos«, sagte Satterfield.

»Das sind sie nicht, aber ich werde nicht mit dir darüber

streiten.« Titus hatte den Schaden eines derart sorglosen Verhaltens aus erster Hand erfahren, aber das würde er Satterfield nicht offenbaren. Insbesondere nicht, da er es noch nie jemandem anvertraut hatte. Er trank seinen Whisky aus und stellte das Glas auf einen Tisch neben seinem Sessel. »Ich glaube, ich habe genug für heute Abend. Bleib so lange, wie du willst.«

»Wohin willst du?«

»Nirgends, wohin du mich würdest begleiten wollen.« Titus war auf dem Weg zu einer Soiree außerhalb der vornehmen Gesellschaft, wo er mehrere Kurtisanen treffen würde. Typischerweise verbrachte er nach seiner Rückkehr nach London die ersten Wochen mit der Suche nach einer Mätresse, die er für die Saison behalten konnte. Es mochte ein mühsames Unterfangen sein, aber notwendig, um die richtige Frau zu finden, die sein Bett wärmen würde, ohne Forderungen zu stellen – und sich dabei so diskret wie möglich verhielt. Das war für ihn von größter Wichtigkeit. Seine Geschäfte gingen niemanden etwas an, außer ihn selbst.

»Nun, denn«, sagte Satterfield, »bis morgen dann.«

Titus verließ den Raum und schloss die Tür, als er in den nun leeren Flur trat. Er machte sich auf den Weg nach unten und die Männer, die im Aufenthaltsraum saßen, verstummten, außer einem, der laut flüsterte: »Der Verbotene Herzog?«

Titus drehte sich nicht um, um zu sehen, wer seinen Spitznamen ausgesprochen hatte. Er drehte nicht den Kopf, um irgendjemanden zur Kenntnis zu nehmen. Er starrte geradeaus und verließ den Club, ohne sich zu fragen oder sich darum zu kümmern, was andere über ihn dachten.

KAPITEL ZWEI

Vierzehn Tage nachdem sie eine Anfrage an eine Londoner Agentur geschickt hatte, betrat Nora den Salon von Lady Satterfields Stadthaus an der Mount Street für ihr erstes Vorstellungsgespräch als Gesellschafterin einer Dame. Sie war gestern spät mit der Postkutsche angekommen.

Nora nahm die Pracht des Salons mit seinen hohen Fenstern, die von goldenen Vorhängen umrandet waren und von denen aus man die Straße überblicken konnte, einer Unzahl von Landschaftsmalereien, die dem Betrachter ein vortreffliches Gefühl von Natur gaben, sowie vergoldeten Spiegeln, die dem ohnehin schon großen Raum eine weitläufige Atmosphäre verliehen, und drei verzierten Kronleuchtern wahr, deren Kristall im Nachmittagslicht funkelte und glänzte.

Der Salon war so elegant wie der von Cousin Frederick, aber dennoch in gewisser Weise behaglicher. Oder vielleicht war das nur Noras Reife geschuldet, dass sie sich nicht von einem schicken Londoner Haus einschüchtern ließ. Sie war nicht mehr so grün hinter den Ohren wie einst.

Einen Moment später betrat Lady Satterfield den Salon. Sie war groß, mit dunklen Haaren und einer königlichen Haltung, aber auch mit einem warmen Lächeln, das ihre offene Art verriet. Nora entspannte sich sofort.

»Guten Tag, Miss Lockhart. Ich bin so froh, dass es Ihnen heute möglich war, mich zu treffen. Bitte, setzen Sie sich.« Lady Satterfield gestikulierte zu einem Sofa, während sie in einen mit blauer Seide bezogenen Armlehnstuhl sank.

Nora nahm auf der Kante Platz. »Danke, Mylady. Es ist mir ein Vergnügen, Ihre Bekanntschaft zu machen.«

»Mein Butler wird gleich Tee bringen. Wissen Sie, wie man ihn einschenkt?«

Nora nickte. »Das tue ich, Mylady.«

»Ausgezeichnet. Das dachte ich mir, da Sie in die Gesellschaft eingeführt worden sind.«

Die Gräfin gab diese Bemerkung ohne jede Änderung ihres Tonfalls von sich und machte es Nora so unmöglich, daraus schlussfolgern zu können, was ihre Meinung über Noras Vergangenheit sein könnte. Nora hegte keinen Zweifel daran, dass die Agentur Lady Satterfield über Noras Indiskretionen informiert hatte. Nora war offen und aufrichtig gewesen, als sie ihre Anfrage an sie gerichtet hatte, und sie waren genauso direkt in ihrer Antwort gewesen und hatten ihr gesagt, dass sich die Vermittlung schwierig gestalten könnte.

Dennoch war sie hier zu einem Vorstellungsgespräch.

Sie beeilte sich, um Lady Satterfield zu antworten, obwohl sie keine direkte Frage gestellt hatte. »Ja, ich war zwei Saisonen lang in der Gesellschaft.« Nicht ganz, aber beinahe.

»Die Agentur hat mich über Ihre bisherigen Erfahrungen informiert.«

Wieder konnte Nora nicht sagen, was Lady Satterfield

wirklich darüber dachte, aber Lady Satterfields Einladung zu dem heutigen Termin musste bedeuten, dass sie sich nicht daran störte. Dennoch würde sich Nora wohler fühlen, wenn sie das Problem offen ansprechen würde. »Sind Sie sich der Umstände bewusst, unter denen ich London verlassen habe?«

Lady Satterfield betrachtete sie voller … Wohlwollen? Ja, um ihre Augen bildeten sich Fältchen und ihre Lippen verzogen sich zu einem mitfühlenden Lächeln. »Das bin ich und alles, was ich sagen kann, ist, dass es mir leidtut, dass sich die Dinge für Sie so entwickelt haben. Wir alle haben in unserer Jugend törichte Dinge getan, aber die meisten hatten das Glück, sie privat zu halten. Die vornehme Gesellschaft ist am nachtragendsten, wenn es um Damen geht. Es ist egal, dass der Herr mindestens ebenso verantwortlich ist, oder in einigen Fällen sogar gänzlich. Es handelte sich um Lord Haywood?«

Ein Bild des überaus hübschen Haywoods, einem Unberührbaren, stieg in ihrem Kopf auf. Mit seinem strahlenden Lächeln, seinem blonden, welligen Haar und seiner goldenen Zunge hatte er sie vor neun Jahren sehr verzaubert. »Ja.« Sie hustete leise, um ihre plötzlich wie zugeschnürte Kehle zu klären. »Ich übernehme die volle Verantwortung für mein Handeln.«

Lady Satterfield lehnte ihren Kopf zur Seite. »Ich bewundere Ihre Reife. Hatten Sie die Hoffnung, ihn zu heiraten?«

»Törichterweise, ja.« Nora bemühte sich nicht, die Selbstverhöhnung in ihrem Tonfall zu verbergen. »Als er mir seine unsterbliche Liebe gestand und versprach, er wolle mich zu seiner Frau machen, glaubte ich ihm. Damals erschien mir ein Rendezvous in der Bibliothek mit meinem zukünftigen Verlobten ein wenig riskant, aber ich war davon überzeugt, meine Zukunft sei sicher.«

Wie sehr sie sich geirrt hatte. Sie waren in dieser Bibliothek – während eines Balls – in einer Umarmung ertappt
worden und das Ereignis war *zu dem Thema* der Saison
geworden. Nur zwei Tage später hatte Cousin Frederick
Nora nach Hause aufs Land zurückgeschickt. Unterdessen
hatte Haywood die Stadt nur für die Saison verlassen
müssen; sein Ruf hatte nicht dauerhaften Schaden genommen. Ein paar Jahre später hatte er sogar geheiratet. Nora
hingegen war vollkommen ruiniert gewesen. Alles wegen
eines Kusses, der zudem nicht sonderlich bemerkenswert
gewesen war.

Lady Satterfield schüttelte den Kopf und schürzte die
Lippen. »Männer können solche Tölpel sein.«

Obwohl sie schlicht war, schürte Lady Satterfields
Bemerkung ein seit langem schlummerndes Feuer in Noras
Seele. Die wenigsten Leute hatten dem Gentleman einen
Vorwurf gemacht und es vorgezogen, Nora die ganze Schuld
zuzuschieben. War es möglich, dass sie sich in Noras Misere
einfühlen konnte? »Ich habe mich seitdem verändert.«

Akzeptanz finden, einen Ehemann finden, sich einen
Platz in der Gesellschaft sichern – all das schien von
entscheidender Bedeutung zu sein. Sie hatte nichts davon
und doch konnte sie nicht sagen, dass sie völlig unglücklich
war. Sie hatte ihren Garten, ihre Bücher und etwas, was die
meisten Damen nicht hatten: eine gewisse Freiheit. Vielmehr
hatte sie diese Dinge *gehabt*.

Die Wärme kehrte in Lady Satterfields Blick zurück. »Das
sehe ich, meine Liebe. Sie benehmen sich sehr gut. Es ist mir
gleichgültig, was in der Vergangenheit passiert ist. Es
kümmert mich nur, was jetzt geschieht. Ich suche eine
Gesellschafterin, die mich beim Einkaufen begleitet, bei der
Korrespondenz und anderen Sekretariatsaufgaben hilft und
mir Gesellschaft leistet. Hätten Sie Interesse daran?«

Nora hatte sich bereits eine flüchtige Meinung von der Gräfin gebildet – sie mochte sie. Wie könnte sie auch nicht, da sie die erste Person war, die Nora ein solches Mitgefühl entgegenbrachte? Die Gesellschafterin dieser Frau zu sein, wäre keinesfalls eine Mühsal. »Ja, das würde mir sehr gefallen. Ich bin eine ausgezeichnete Schreiberin. Meine Mutter lobte stets meine frühe Handschrift. Das mag auch der Grund gewesen sein, warum ich hart daran arbeitete, meine Fähigkeiten auf diesem Gebiet noch zu verbessern.«

»Wie lange ist es her, dass Sie Ihre Mutter verloren haben, meine Liebe?«

Für einen Augenblick wurde es Nora schwer ums Herz. Die Schmerzen waren im Laufe der Jahre geringer geworden, aber in gewisser Weise störte das Nora. Sie vermisste ihre Mutter nicht mehr so sehr wie früher und das fühlte sich irgendwie falsch an. »Es ist zwanzig Jahre her.«

»Es tut mir so leid, dass Sie sie in so jungen Jahren verloren haben. Ich hatte meine Mutter noch bis vor ein paar Jahren.« Sie lächelte flüchtig. »Ich vermisse sie immer noch, aber sie hatte ein schönes Leben.«

Der Butler kam dann mit dem Tee und stellte das Tablett auf einen Tisch zwischen ihnen. Nora fragte, wie Lady Satterfield ihren Tee mochte, und machte sich dann daran, ihre Tassen entsprechend zuzubereiten.

»Sie sind ziemlich geschickt«, sagte Lady Satterfield. »Sagen Sie mir, warum suchen Sie eine Stelle?« Sie hob ihre Tasse an und trank von ihrem Tee.

Nora glättete ihren Rock über den Knien, obwohl der aus der Mode gekommene Stoff perfekt plan lag. Sie hasste es, die peinliche Wahrheit zuzugeben, zog es aber erneut vor, offen zu sein. »Mein Vater zieht Ende des Monats nach Dorset und wird keinen Platz mehr für mich haben.«

Lady Satterfields Lippen kräuselten sich leicht. »Wie

schade. Ich kann nicht sagen, dass das nach meinem Dafürhalten für ihn spricht.«

Nora schätzte die Fürsorge der Gräfin, kam aber nicht umhin, sich zu fühlen, als wäre sie auf Almosen angewiesen.

»Und was haben Sie in den letzten neun Jahren gemacht?«, fragte Lady Satterfield.

»Hauptsächlich gelesen. Ich arbeite auch gerne im Garten.« Sie würde das vermissen. Sie hatte eine schöne Anlage von Blumensorten und Strauchwerk kultiviert. Einen besonderen Stolz empfand sie für die Rosen.

»Waren Sie glücklich? Ich will sagen, wenn sich Ihre Lebensumstände nicht ändern würden, hätten Sie dann so weitergemacht, wie bislang?«

Nora hatte Schwierigkeiten zu verstehen, warum diese Frau nach ihrem Glück fragte. Abgesehen von Jo hatte sich noch nie jemand um sie gesorgt. »Ich nehme es an. Meine Schwester hegte die Hoffnung, dass ich irgendwann heiraten würde.«

Lady Satterfield nahm noch einen Schluck von ihrem Tee. »Ist es das, was Sie wollen?«

Einst, als sie eine junge Dame war und neu in London, hatte sie Träume von Ehe und Kindern gehegt. Aber nachdem sie in Ungnade gefallen war, hatte sie alle Erwartungen an eine solche Zukunft aufgegeben, ungeachtet der Entschlossenheit ihrer Schwester, den Glauben daran nicht zu verlieren. »Anfänglich, aber nunmehr habe ich keine solchen Ambitionen. Ich würde ganz damit zufrieden sein, als Gesellschafterin Ihrer Ladyschaft zu dienen. Wenn Sie sich denn entschließen sollten, mich einzustellen.« Nora fühlte, wie die Farbe in ihren Wangen aufstieg. Sie wollte nicht anmaßend erscheinen.

»Das tue ich ganz sicher«, sagte Lady Satterfield. »Könnten Sie sofort in mein Haus ziehen?«

Einen Augenblick lang konnte Nora nicht sprechen. »Ich bin … überwältigt von Ihrem Vertrauen in mich.«

»Sie verfügen über einen schönen Geist sowie Belastbarkeit und Intelligenz. Ich bin keineswegs beunruhigt, dass Sie die Fehler Ihrer Vergangenheit wiederholen werden.«

Freude und Erleichterung verschmolzen und Nora konnte ihr Lächeln nicht unterdrücken. »Das werde ich nicht.«

»Ausgezeichnet. Wir müssen schnell vorgehen, da mein Ball in wenigen Tagen ist und Sie müssen natürlich daran teilnehmen.« Ihr Blick fiel auf Noras schrecklich veraltetes Reisekostüm. »Ich nehme an, Sie benötigen eine neue Garderobe?«

Nora zuckte zusammen. »Ich fürchte, ich habe in den letzten Jahren keine modische Kleidung gebraucht.«

»Das ist schon in Ordnung, meine Liebe. Ich bin vielmehr von diesem Projekt inspiriert – nicht, dass ich sagen möchte, dass Sie ein Projekt sind, aber ich wage zu behaupten, dass Sie es sind.«

Nora war es nicht möglich, sich von der Bewertung der Frau verunsichern zu lassen, nicht, als ihre grauen Augen vor ansteckender Begeisterung funkelten. »Es ist mein Glück, Ihr Projekt zu sein. Ich danke Ihnen vielmals für diese Gelegenheit.«

»Ausgezeichnet. Nach dem Tee unternehmen wir unseren ersten Einkaufsbummel. Ich lasse Harley nach Ihren Sachen schicken.« Lady Satterfield schüttelte den Kopf und lächelte. »Aber ich bin zu voreilig. Ich werde Sie noch oben zu Ihrem Zimmer führen und mit Ihnen einen ausführlichen Rundgang durch das Haus machen. Wir haben eine umfangreiche Bibliothek in der unteren Etage – Sie hatten gesagt, dass Sie dem Lesen sehr zugetan sind, nicht wahr?«

Alles geschah so schnell, aber das war doch eine gute

Entwicklung, oder? Nora hatte eine neue Lebenssituation gebraucht und das schnell. Nun bot sie sich ihr.

Sie würde die Gesellschafterin einer freundlichen und großzügigen Gräfin sein. Sie würde eine neue Garderobe und Zugang zu einer fabelhaften Bibliothek bekommen, allerdings auch nie heiraten oder eine eigene Familie haben.

Sie hatte diesen Traum schon vor langer Zeit aufgegeben.

～

*T*itus traf zehn Minuten vor Beginn des Tees seiner Stiefmutter ein. Harley, der sonst unerschütterliche Butler der Satterfields blinzelte und zeigte einen Moment der Überraschung, als er Titus sah.

»Eure Hoheit, Lady Satterfield wird sich freuen, Euch zu sehen. Sie ist bereits im Salon.«

»Danke, Harley. Ich finde den Weg selbst.« Titus stieg die Treppe in den ersten Stock hinauf und betrat den Salon, wo seine Stiefmutter mit einem Dienstmädchen sprach.

Als Lady Satterfield Titus sah, leuchteten ihre Augen und ihre Lippen dehnten sich zu einem strahlenden Lächeln aus. »Kendal, du bist gekommen.«

Sie kam auf ihn zu und Titus küsste ihre Wange. »Ich habe Satterfield gesagt, dass ich komme. Hat er dich nicht informiert?«

»Das hat er, aber ich wollte es nicht glauben, bis ich dich selbst gesehen habe.« Sie blickte zu ihm auf und streichelte mit ihrer Hand über seine Schulter. »Du hattest da ein wenig Staub.«

»Danke.«

»Nein, ich danke dir. Ich weiß, dass Ereignisse wie mein heutiger Tee nicht von besonderem Interesse für dich sind.«

Er blickte in den Salon, den das Dienstmädchen gerade verlassen hatte. »Wo ist deine Gesellschafterin?«

Seine Stiefmutter hatte ihm eine Nachricht geschickt, dass sie jemanden engagiert hatte. »Sie wird sich gleich zu uns gesellen. Ich denke, du wirst sie mögen.«

Titus hatte nicht die Absicht, die Frau näher kennenzulernen, aber er nahm an, dass er um seiner Stiefmutter willen wenigstens würde höflich sein müssen.

Lady Satterfields Blick bewegte sich zu der Tür hinter Titus. »Ah, da ist sie ja.«

Titus drehte sich um. Die Gesellschafterin entsprach keineswegs seinen Erwartungen. Er hatte eine Frau mittleren Alters mit ergrauten Haaren erwartet, vielleicht mit Brille und Spitzenhaube. Sie hätte zumindest unscheinbar sein sollen, aber diese Frau war genau das Gegenteil. In der Tat wäre Titus nicht überrascht gewesen, hätte er sie auf dem Cyprian Ball getroffen, den er gestern Abend besucht hatte, in einem anderen Gewand selbstredend. Vielmehr trug sie ein charmantes Tageskleid, das ihre Kurven, die von der sanften Drapierung des Stoffes bedeckt waren, nur andeutete. Aber es waren ihre Augen, die ihn gefangen nahmen, scharfsinnig und absolut verlockend zugleich. Ganz sicher hätte er gestern Abend mit ihr gesprochen und sie vielleicht sogar eingestellt.

Dies war jedoch weder ein Cyprian Ball, noch war er länger auf der Suche nach einer Mätresse.

Die Stimme seiner Stiefmutter zog ihn forsch und schlagartig zurück in die Gegenwart. »Kendal, darf ich dir meine neue Gesellschafterin vorstellen, Miss Eleanor Lockhart.«

So verblüfft er auch von der Erscheinung der Frau gewesen war, er war entsetzt ob ihrer Identität. In der Tat fühlte er sich ausgesprochen unwohl. Was auch der Fall sein sollte. Sie war von einem aus Titus' ehemaligem inneren Zirkel, dem Idioten Haywood, völlig ruiniert worden.

Unter der Leitung von Titus war ihre ausgewählte Gruppe von Junggesellen durch ganz London gezogen und hatte alles getan, wonach ihnen gerade der Sinn stand. Titus hatte die Richtung vorgegeben – Glücksspiele, Rennen und verzückte Frauen gehörten zu seinen Hauptvergnügungen. Er hatte sich nichts dabei gedacht, mit einem jungen Mädchen zu flirten und vielleicht ein oder zwei Küsse zu stehlen. Es war eine törichte Vorgehensweise gewesen, ebenso wie die meisten anderen ihrer Aktivitäten, und im Nachhinein war Titus schockiert, dass er nie erwischt worden war. Aber andererseits war er nicht so dumm wie Haywood gewesen, den Titus in seinem Bestreben ermutigt hatte, eine arme junge Frau zu einer Umarmung zu ermutigen. Diese arme junge Frau war Miss Lockhart gewesen – und sie waren erwischt worden.

Haywood, Feigling, der er war, war der Angelegenheit nicht gewachsen gewesen und hatte sie nicht zur Frau genommen. Er hatte eine vermögende Braut gebraucht und so hatte er sich aufs Land zurückgezogen, um seine Zeit abzuwarten, bis er es wieder versuchen konnte. Drei Jahre später hatte er eine wohlhabende Frau geehlicht, während Miss Lockhart mit nichts und noch schlimmerem zurückgelassen worden war – ohne die geringsten Aussichten, ihre Zukunft betreffend.

Titus verbarg sein Wiedererkennen und Unbehagen und schenkte ihr ein freundliches Lächeln. »Guten Tag, Miss Lockhart. Es ist mir ein Vergnügen, Ihre Bekanntschaft zu machen.« Es war keine Lüge – sie waren sich nie offiziell vorgestellt worden, auch wenn er sich bewusst war, wer sie war.

Lady Satterfield wandte sich zu ihrer jungen und verwirrend anziehenden Gesellschafterin um. »Nora, das ist mein Stiefsohn, Seine Hoheit, der Duke of Kendal.«

Nora. Ein starker, aber femininer Name. Er passte zu ihr.

Miss Lockhart machte einen Knicks. »Es ist mir eine Ehre, Sie zu treffen, Eure Hoheit.«

Ihr Verhalten war völlig angemessen – sogar gesellschaft-
lich erforderlich – und doch wollte er nicht, dass sie ihm
Respekt erwies. Was töricht war, da er ihn von allen anderen
erwartete. »Die Ehre ist ganz meinerseits.«

Sie sah ihn an, ihre braunen Augen hatten die Farbe
seines Lieblings-Portweins und er hatte das Gefühl, dass
noch niemand so etwas zu ihr gesagt hatte. Und warum hätte
es jemand tun sollen, wo sie doch eine Ausgestoßene war? Er
wollte sie fragen, wie es ihr nach diesem unglückseligen
Ereignis ergangen war. Noch dringender wollte er die
Gründe für ihre Anwesenheit hier erfahren.

Aber er unterließ derartige Fragen.

In diesem Moment kündigte Harley die ersten Gäste an
und Lady Satterfield ging, um sie zu begrüßen und nahm
Miss Lockhart mit.

Titus sah ihnen hinterher, drehte sich dann um und ging
in die Nähe des Fensters, dem am weitesten entfernten
Punkt vom Eingang, der Stelle, an der sich die Leute versam-
meln würden … einfach nur so weit entfernt, wie möglich.
Er richtete seinen Blick auf die Straße darunter, damit er die
Eintreffenden beobachten konnte. Er war sich nicht sicher,
warum. Es war nicht so, als würde es ihn interessieren, wer
zum Tee zugegen sein würde. Außerdem waren seine
Gedanken komplett auf Miss Lockhart und ihre aktuellen
Lebensumstände fokussiert.

Das Ereignis, das ihren Ruin verursacht hatte, war vielleicht nicht direkt seine Schuld gewesen, aber er hätte sich
zumindest nach ihrem Wohlergehen erkundigen sollen.

Er stand eine gute halbe Stunde lang am Fenster. Wie
üblich blickte man in seine Richtung, aber niemand kam auf
ihn zu. Auch näherte er sich niemandem. Seine Stiefmutter
würde ihn vermutlich ob seiner Unnahbarkeit tadeln, aber
nur ein wenig. Sie wusste, dass er die Einsamkeit bevorzugte,
auch wenn sie seine Gründe nicht verstand.

Nachdem sein Vater gestorben war und Titus den Titel geerbt hatte, hatte er sich in seine Pflichten gestürzt, sowohl als Grundbesitzer als auch als Mitglied des Oberhauses. Er genoss es, Zeit mit seinem Verwalter auf seinem Anwesen und mit seinem Sekretär zu verbringen, wenn er in London war. Darüber hinaus hatte er kein Interesse an Freundschaften oder Beziehungen jeglicher Art – abgesehen von der Mätresse, die er sich für die jeweilige Saison aussuchte. Er nahm an, dass es merkwürdig anmutete, dass ein Herzog kein Interesse an gesellschaftlichen Vergnügungen hatte, aber er hatte seine Jugend damit verbracht, die Rolle des verschwenderischen Bonvivants bis zur Perfektion zu spielen, und zog es vor, nicht zurückzuschauen.

Doch die Anwesenheit von Miss Lockhart zwang ihn, genau das zu tun, und er mochte nicht, was er sah.

Aus dem Augenwinkel bemerkte er, wie sich Satterfield näherte. Titus drehte sich ein wenig in seine Richtung. Satterfield war einer der wenigen Menschen, die er in seinen inneren Zirkel aufgenommen hatte.

»Du bist gekommen«, sagte Satterfield und wiederholte so die frühere Aussage seiner Frau.

Titus konzentrierte sich weiter auf die Straße, warf aber einen Blick auf seinen Stiefvater. »Du und meine Stiefmutter habt so wenig Vertrauen in mich.«

»Es geht nicht um Vertrauen, mein Junge. Es ist nur so, dass wir dich kennen.« Er lächelte kurz. »Genie sagt, dass du die ganze Zeit grüblerisch hier gestanden hast.«

»Ich grüble nicht. Ich genieße die einzige Gesellschaft, die ich tolerieren kann.«

»Das spricht für keinen von uns, oder?« Satterfield sagte das mit Humor und entlockte Titus ein kleines Lächeln.

Er blickte auf seinen Stiefvater. »Anwesende Gesellschaft ausgeschlossen, aber du bist nicht die ganze Zeit hier gewesen.«

»Das ist wohl wahr, aber auch ich kann so etwas kaum ertragen.«

»Warum bist du dann hier?«

Satterfield drehte sich so, dass sein Rücken zum Fenster hin gerichtet war und er den gesamten Raum überblicken konnte. »Aus dem gleichen Grund wie du, nehme ich an. Ich liebe deine Stiefmutter und ich möchte sie mit meiner Anwesenheit bestärken. Hast du Miss Lockhart getroffen?«

Bei der Erwähnung ihres Namens musste Titus sein Auftreten neu bewerten. Vielleicht *hatte* er ja doch gegrübelt. »Das habe ich.«

»Sie und Genie verstehen sich gut. Ich war mir nicht sicher, ob es sich als eine gute Idee erweisen würde, aber ich muss zugeben, es scheint zu funktionieren.«

Titus war froh darüber – niemand verdiente das Glück mehr als seine Stiefmutter. Sie hatte ihn in dem Moment als ihren Sohn akzeptiert, als sie Titus' Vater geheiratet hatte, und hatte ihn nicht anders behandelt, nachdem sie endlich ein eigenes Kind bekommen hatte. Der Verlust dieses Kindes, Titus' Schwester, war nur einer der Gründe, warum Titus begierig darauf war, sie glücklich zu sehen. Er würde alles für sie tun. Alles, außer sich eine Ehefrau zu nehmen.

Vielleicht eines Tages. Nur nicht jetzt.

»Und hat dein Abend ein zufriedenstellendes Ende gefunden?«, fragte Satterfield.

Es war seine höfliche Art zu fragen, ob Titus sich eine Mätresse für die Saison gesichert hatte. Das hatte er. Isabelle Francis war unvergleichlich schön – zumindest hatte Titus gestern Abend so gedacht. Doch jetzt schien sie neben Miss Lockhart eine unbedeutende ... farblose Frau zu sein. Ihr Haar war hellblond, während das von Miss Lockhart von einem lebhaften Rotbraun war. Isabelles Augen hatten ein leuchtendes Blau – schön – aber so schlicht, als ob sie nur zu einem einstudierten Spektrum von Emotionen fähig wäre.

Miss Lockhart besaß eine gewisse ungezähmte Natur. Er meinte, eine leidenschaftliche Unabhängigkeit entdeckt zu haben, die tief in ihrem Inneren verborgen war.

Titus drehte den Kopf, um Satterfield anzuschauen und zu sehen, ob er einen Blick auf Miss Lockhart werfen konnte. Sie stand auf der anderen Seite des Raumes und führte Gespräche – eine lebhafte Bereicherung für den profanen Tee. Tatsächlich sah sie überhaupt nicht wie eine Gesellschafterin aus. Sollte sie nicht eigentlich an der Seite sitzen und nur beobachten?

»Kendal?«

Er fühlte sich wie mit sechs Jahren, als er dabei erwischt worden war, wie er einen Keks aus der Küche stahl, und lenkte seine Aufmerksamkeit wieder auf seinen Stiefvater. »Ja. Der gestrige Abend erwies sich als sehr günstig.«

Heute erwies es sich jedoch als sonderbar. Miss Lockhart provozierte ihn, Dinge zu fühlen, die er schon seit Jahren nicht mehr gefühlt hatte. Zuerst war da die unangebrachte Anziehung, die sie auf ihn ausübte, was normalerweise nur bei seinen Mätressen der Fall war. Seit langer Zeit war er nicht mehr von solchem Unsinn geplagt gewesen und er wäre verdammt, wenn er jetzt damit anfangen würde. Nein, dieses Unbehagen könnte verhindert oder zumindest ignoriert werden.

Zum anderen aber war da die Erinnerung an das, was er einmal gewesen war. Dass er vor langer Zeit vermutlich mit Miss Lockhart geflirtet, vielleicht einen Kuss in einem dunklen Garten gestohlen und nie wieder an sie gedacht hätte.

Er zuckte innerlich zusammen und verachtete diesen unerfahrenen jungen Mann. Er erwischte seine Stiefmutter, wie sie ihn bedeutungsvoll ansah.

»Genie bedenkt uns mit einem bösen Blick«, sagte Satterfield. »Ich gehe besser und besänftige ihr Gemüt. Ich würde dich bitten, dich mir anzuschließen, aber ich weiß, was deine Antwort sein wird.« Er legte eine Hand auf Titus' Schulter. »Es macht nichts. Sie ist nur froh, dass du hier bist.«

Titus beobachtete, wie Satterfield sich der Gruppe anschloss, dann richtete er seinen Blick wieder auf die Straße, was ihm sicherer erschien. Doch trotz seiner besten Vorsätze, ertappte er sich mehrmals dabei, wie er Miss Lockhart während des Tees ansah.

Aber das war einfach nicht annähernd genug.

KAPITEL DREI

Zu Beginn des Tees an diesem Nachmittag hatte Noras Herz wie wild geschlagen. Dies war ihr erster offizieller Ausflug in die vornehme Gesellschaft und sie hatte sich Sorgen gemacht, wie die Leute reagieren könnten, wenn sie sie wiedersehen würden. Bislang war es jedoch ziemlich gut gelaufen. Tatsächlich hatte sie nicht erwartet, dass Lady Satterfield sie so einbezog ... so vehement. Sie hatte erwartet, dass sie als bezahlte Gesellschafterin beim Servieren von Tee helfen oder dafür sorgen würde, dass niemand vom Gespräch ausgeschlossen wurde. Stattdessen hatte Lady Satterfield sie allen, die zum Tee erschienen waren, vorgestellt. Es hatte sich – nur ein wenig – angefühlt wie in ihrer ersten Saison.

Abgesehen davon, dass sie zehn Jahre älter und viel klüger war. Das hoffte sie zumindest.

Lady Satterfield unterbrach Noras Gedanken, indem sie ihr eine soeben eingetroffene Dame vorstellte, Lady Dunn. Nicht mehr die Jüngste, mit dunkelgrauen Haaren, die in einem eleganten Stil frisiert waren, hob Lady Dunn ihr

Monokel an und begutachtete Nora vom Scheitel bis zur Spitze ihres Schuhs. »Ich erinnere mich an dich, Mädchen.«

Nora machte sich bereit für das, was als Nächstes kommen könnte. Bisher hatte noch keine von den Damen offenbart, ob sie sich daran erinnerte, wer Nora war oder nicht. Und Nora konnte sich nicht an Lady Dunn erinnern.

Lady Satterfield öffnete ihren Mund, aber Lady Dunn sprach zuerst. »Es ist gut, dass du zurückgekommen bist.«

War es das? Nora fühlte eine Welle der Erleichterung und lächelte.

Lady Dunn senkte ihr Monokel. »Komm und setz dich für ein paar Minuten zu mir.« Sie führte Nora zu einem freien Sofa.

Nora blickte zu Lady Satterfield, die ermutigend nickte.

Lady Dunn setzte sich auf den blassen Goldbrokat und tätschelte den Platz neben sich.

Nora ließ sich neben ihr nieder. Sie hatte das Gefühl, dass Lady Dunn ihr etwas Weises sagen oder einen Rat geben wollte.

»Du bist eine tapfere junge Dame«, sagte Lady Dunn ohne Präambel. »Ich erinnere mich genau an die Schwierig-keiten, in die du dich gebracht hattest. Aber das war vor vielen Jahren und ich kann nur hoffen, dass du deine Lektion gelernt hast.«

Nora war sich nicht sicher, was sie von der Offenheit der Frau halten sollte. Auf der einen Seite war es beruhigend, offen mit ihrer Vergangenheit umzugehen, aber auf der anderen Seite fühlte sie sich im Augenblick verletzlicher als den ganzen Tag. »Ja, Mylady. Durchaus.«

Als Zeichen ihrer Anerkennung nickte Lady Dunn behände mit dem Kopf. Ihr Blick schweifte durch den Raum und hielt dann inne. Ihre Lippen öffneten sich. »Meine Güte. Der Verbotene Herzog.« Ihr Ton war weich, fast hauchdünn.

Nora folgte Lady Dunns Blickrichtung und endete bei …

dem Duke of Kendal, dem Stiefsohn von Lady Satterfield. Sie sah Lady Dunn fragend an. »Der wer?«

Lady Dunn blinzelte Nora zu, als ob ihr ein zweiter Kopf gewachsen wäre. »Der Duke of Kendal. Das weißt du sicher, da du Lady Satterfields Gesellschafterin bist.« Sie drückte ihre Lippen zusammen. »Aber was man sich über ihn sagt, wirst du wohl nicht von seiner Stiefmutter hören.«

Nora sollte überhaupt nicht hören wollen, was über ihn gesagt wurde. Sie versuchte, sich so vorbildlich wie möglich zu verhalten – kein Gerede, kein Skandal. Dennoch wollte sie unbedingt wissen, warum er *verboten* war.

Ihr kurzes Treffen hatte sie fasziniert. Er war umwerfend attraktiv mit schwarzen Haaren und durchdringenden grünen Augen und er hatte sie mit … Interesse angesehen. Oder mit etwas anderem. Es hatte ein Hauch von Glut in seinem Blick gelegen, was sie aus ihrer Erfahrung mit Haywood wiedererkannt hatte. Sie sollte schreiend in die andere Richtung laufen, aber sie spürte, dass er etwas besaß, was Haywood nicht hatte: Selbstbeherrschung. »Warum nennt man ihn so?« Auf der Stelle wünschte sie sich, sie könnte die Frage zurücknehmen. Sie war schon immer viel zu neugierig gewesen und konnte ihre Neugierde nicht unterdrücken.

Lady Dunn lehnte sich leicht nach vorne und zeigte ein großes Interesse an diesem Thema. »Weil er sich nicht in der vornehmen Gesellschaft engagiert und nicht sozialisiert. Er hält sich abseits. Man sieht ihn nicht an, man nähert sich ihm nicht und man spricht nicht mit ihm.«

Das klang, als wäre er der Inbegriff des Unberührbaren. Unauffällig betrachtete Nora ihn. Er war groß und breitschultrig, sein dichtes Haar fiel ihm auf seine breite Stirn. Sie konnte nur sein Profil sehen, aber sein Kinn war kantig und seine Lippen geschmeidig.

Geschmeidig?

»Warum ist er dann hier?« Obwohl ihr Verstand ihr sagte, sie solle die Verfolgung dieses Themas einstellen, konnte sie nicht aufhören.

»Ich hatte gehofft, dass du es mir sagen könntest, Liebes«, sagte Lady Dunn mit einem Hauch von Humor. »Vielleicht ist er auf der Jagd nach seiner Tanzpartnerin für Lady Satterfields Ball. Es ist das einzige Ereignis, das er während der Saison besucht, und er tanzt immer nur einmal – den ersten Tanz – mit einer ganz besonderen und überaus glücklichen Dame.«

Da Lady Dunn so interessiert daran schien, Informationen auszutauschen, gab Nora den Versuch auf, ihr Interesse zu zügeln. »Inwiefern besonders?«, fragte sie.

»Sie ist immer jemand, der Aufmerksamkeit benötigt – eine Jungfer, eine Witwe, die jüngste Tochter, die vergessen wurde, nachdem ihre älteren Schwestern verheiratet waren. Wenn seine Wahl auf sie fällt, erhöht das ihr Ansehen.«

Er mag ein Unberührbarer sein, aber er klang auch ein wenig wie ein Held.

Nora warf einen weiteren Blick in seine Richtung und rutschte fast vom Sofa. Er starrte sie direkt an und sie hätte schwören können, dass sich die Hitze in seinem Blick verstärkt hatte, als ob er die letzte Stunde an dem Fenster damit verbracht hatte, vor sich hin zu köcheln. Nora wurde es spürbar warm. Und nicht auf unangenehme Art.

Er wandte seine Aufmerksamkeit wieder dem Fenster zu und unterbrach ihren Augenkontakt. Nora senkte ihren Blick und studierte die kleinen Blumen auf ihrem Kleid, um ihr plötzlich in Schieflage geratenes Gleichgewicht wiederherzustellen.

Bis sie ihn dabei ertappt hatte, wie er sie anstarrte, hätte sie gesagt, dass er die Menschen im Salon nicht wahrzunehmen schien. Man sollte ihn stattdessen vielleicht den Unnahbaren Herzog nennen. Oder vielleicht sogar den

Arroganten Herzog. Das war ungerecht. Sie konnte nicht wissen, ob er arrogant war. Vielleicht fürchtete er sich vor gesellschaftlichen Begebenheiten oder vor Menschen im Allgemeinen. Vielleicht war er in Wirklichkeit der Scheue Herzog. Oder der Paranoide Herzog. Sie lächelte vor sich hin und war überzeugt, dass sie sich den ganzen Tag amüsieren könnte, indem sie sich alternative Namen für ihn ausdachte. Der Distanzierte Herzog. Oh ja, das könnte ganz gut passen.

»Warum lächelst du, Mädchen?«, fragte Lady Dunn.

Aufgeschreckt aus ihrer lächerlichen Träumerei blinzelte Nora, bevor sie sich umdrehte, um Lady Dunn anzusehen. »Ich amüsiere mich nur. Und Sie? Gibt es etwas, wonach es Sie

verlangt?«

»Keineswegs. Es ist Zeit für mich, mich auf den Weg zu machen. Ich möchte die Erste sein, die die Nachricht vom Erscheinen des Verbotenen Herzogs teilt, und ich habe noch weitere Besuche zu tätigen.« Sie streckte ihre Hand aus. »Hilf mir hoch, Schätzchen.«

Nora sprang auf die Füße und half Lady Dunn beim Aufstehen. »Es war mir ein Vergnügen, Sie kennenzulernen, Mylady.«

Obwohl Lady Dunn kleiner als Nora war, gelang es ihr dennoch, den Eindruck zu vermitteln, als würde sie auf sie herabblicken. »Ich werde dich im Auge behalten, Miss Lockhart. Ich habe beschlossen, dich zu mögen. Enttäusche mich nicht.« Sie zwinkerte, bevor sie sich anschickte, sich von Lady Satterfield zu verabschieden.

Nora überlegte, wie sie Lady Satterfield nach dem Spitznamen ihres Stiefsohnes fragen könnte. Später, nach dem Tee, könnte sie ihr einfach erzählen, was Lady Dunn gesagt hatte.

»Oh meine Güte, ist das wirklich Miss Eleanor Lockhart?« Die schrille Frage traf Nora in den Ohren wie ein kreischender Falke.

Sie drehte sich und musste den Ausdruck von Abscheu unterdrücken, der sich unmittelbar auf ihrem Gesicht zu zeigen drohte.

Von all den Menschen, die sie heute hier treffen konnte, musste es Susannah Weycombe sein? Nein, sie war jetzt Lady Abercrombie. Sie hatte sich, kurz nachdem Nora London verlassen hatte, verlobt, und Nora hatte in der Zeitung von ihren opulenten Hochzeitsfeierlichkeiten gelesen.

Lady Abercrombie war nicht allein. Eine weitere Frau, die sich ebenfalls sehr an Noras Schmach erfreut hatte, Miss Dorothy Cranley, stand neben ihr. Zumindest dachte Nora, es wäre Dorothy. Diese Frau war gut dreißig Pfund schwerer.

Nora zwang sich zu einem schmalen Lächeln. »Guten Tag, Lady Abercrombie.«

»Sie erinnern sich an Dorothy – sie ist jetzt Lady Kipp-Landon«, sagte Lady Abercrombie.

»Ja, natürlich. Es ist mir ein Vergnügen, Sie beide wieder-zusehen.« Das war es nicht, aber Nora wollte nicht sagen, was es *wirklich* war.

»Was machen Sie in London?«, fragte Lady Abercrombie, deren braune Augen groß und voller Arglist waren.

Nora deutete mit dem Kopf auf ihre Gastgeberin. »Ich bin die Gesellschafterin von Lady Satterfield.«

»Wie … charmant«, sagte Lady Kipp-Landon kichernd. »Ich nehme an, Sie sind einfach nur glücklich, wieder zurück zu sein.«

Nora zwang ihre Gesichtszüge zu einer Maske der Gelas-senheit. Ihre Gereiztheit nahm zu, aber sie wollte dieser nicht nachgeben. Das konnte sie nicht. »Das tue ich, danke.«

Lady Kipp-Landon neigte sich näher zu Nora. »Ist das der Verbotene Herzog, dort am Fenster?«

Nora war sich nicht sicher, ob sie mit ihr oder mit Lady Abercrombie sprach, also antwortete sie nicht.

»Das ist er«, sagte Lady Abercrombie mit gedämpfter Stimme. Sie drehte den Kopf zu Nora. »Was macht er hier?«

Nora fiel nichts ein, was sie sagen könnte, außer: ›Das geht Sie nichts an.‹ Sie betrachtete die beiden und sagte schließlich nur: »Es ist der Tee seiner Stiefmutter.«

Lady Kipp-Landon fummelte an ihrem Ohrring herum. »Ich habe ihn noch nie irgendwo anders gesehen, als auf dem Ball seiner Stiefmutter.« Sie blickte zu Lady Abercrombie. »Glaubst du, er wird sich die Ehre geben?« Der Ball war in wenigen Tagen. »Und wird er tanzen?«

Lady Abercrombie nickte sanft. »Das ist zu erwarten. Er hat das immer getan. Ein Ball. Ein Tanz. Eine glückliche Dame, die nie wieder von ihm hört.« In ihrer Stimme lag eine Wehmut, die bis in Noras Herz vordrang. Glücklicherweise blickte Lady Satterfield in ihre Richtung und gab Nora ein Zeichen, sich ihr anzuschließen. Erleichtert angesichts der Unterbrechung schenkte Nora den Harpyien ein unaufrichtiges Lächeln. »Bitte entschuldigen Sie mich.«

»Gewiss.« Lady Abercrombie grinste ihre Begleitung an. »Wir wollen Sie nicht von Ihren Pflichten abhalten.«

Nora ging um die Möbel herum, was sie in die Nähe des Herzogs brachte. Er hatte seinen Kopf wieder zu ihr gedreht. Die Eindringlichkeit seines Blickes ließ sie beinahe stolpern. Da war etwas beinahe Greifbares an seiner Präsenz, als wäre er ein Löwe in seiner Höhle und wäre sich der Beute in seiner Reichweite bewusst geworden.

Unsinn, sagte sie sich selbst. Aber der Unsinn ließ sie dennoch erschaudern.

Der Rest des Tees verlief rasch und Nora war in der Lage, ihre Aufmerksamkeit auf die Gäste und nicht auf den Verbotenen Herzog zu richten. Vielmehr, Kendal. Als der letzte Gast im Aufbruch war, drehte sie sich zum Fenster und sah, dass er nicht mehr da war. Sie hatte verpasst, dass er gegangen war. Schade.

Lady Satterfield schloss die Tür zum Salon und atmete aus. »Meine Güte, wie viele Leute das heute waren! Besonders gegen Ende.«

Nora fragte sich, ob es daran gelegen hatte, dass sich die Nachricht von der Anwesenheit des Verbotenen Herzogs verbreitet hatte.

Die Gräfin lächelte Nora an. »Wie war es, meine Liebe? Bist du erschöpft?«

»Nicht sonderlich. Es war ein sehr angenehmer Nachmittag.« Abgesehen davon, dass ihre alten ›Freunde‹ aufgetaucht waren.

»Gut. Ich weiß, wir haben besprochen, dass deine Vergangenheit aufkommen könnte, aber ich nehme an, niemand hat etwas erwähnt?«

»Nun, Lady Dunn war ziemlich direkt, was meine … Indiskretion betrifft.«

Lady Satterfields Stirn kräuselte sich sorgenvoll. »Ich hätte das voraussehen und sicherstellen sollen, dass du nicht allein mit ihr bist. Es tut mir leid.«

»Das war weniger schlimm. Genaugenommen mochte ich ihre Offenheit.« Nora überlegte ihre nächsten Worte sorgfältig. »Sie erzählte mir, dass man Kendal den Verbotenen Herzog nennt.«

Lady Satterfield lachte, ihre grauen Augen funkelten vor Freude. »Oh ja, ich kann mir vorstellen, dass sie das getan hat. Was hat sie noch gesagt?«

»Nur, dass er stets mit einer besonderen Dame auf Ihrem Ball tanzt.«

»Ja, das tut er. Das ist eine unglaubliche *Sache*.«

Obwohl Nora darauf brannte zu fragen, warum er verboten war, wagte sie es nicht. Sie hatte an diesem Nachmittag bereits genug riskiert und war unbeschadet davongekommen. Dennoch fragte sie sich, wie er sich diesen Beinamen verdient hatte. Eines war sicher – er schien ein Einzelgänger zu sein. Bevorzugte er die Isolation, die sich daraus ergab oder empfand er es als Gefängnis, so wie es Noras eigene Verbannung gewesen war?

Sie bezweifelte, dass sie es jemals herausfinden würde.

~

*A*ls die Anzahl der Besucher gegen Ende des Tees zunahm, hatte Titus beschlossen, sich zurückzuziehen. Er hatte das Stadthaus nicht verlassen, sondern war nach oben in das Arbeitszimmer seines Stiefvaters gegangen, um ein Glas Brandy zu trinken.

Sein Glas war fast leer und wegen des Mangels an Aktivität im Erdgeschoss vermutete er, dass der Tee nun vorbei war. *Gut*. So würde er sich verabschieden können, ohne dabei auf Menschen zu treffen.

Obwohl, es würde ihm gefallen, auf Miss Lockhart zu treffen.

Er hatte sie so sehr beobachtet, wie er es für schicklich hielt, und ein paar Mal hatte er sie dabei erwischt, wie sie ihrerseits ihn betrachtete. Er hatte sie lachen und sprechen sehen. Sie schien charmant zu sein. Witzig. Vermutlich intelligent. Er schlussfolgerte das aufgrund ihres offenen Gesichts und der Art, wie sie ihre Schultern hielt. Zwei Wichtigtuerinnen hatten mit ihr gesprochen und sie hatte ob ihrer Geschmacklosigkeit brilliert.

Die Tür zum Arbeitszimmer öffnete sich und seine Stiefmutter kam herein. Sie schenkte ihm ein breites, strahlendes Lächeln. »Du bist fast die ganze Zeit geblieben.«

Zu sehen, wie glücklich es sie machte, war die Mühe wert gewesen.

Sie sah ihn eifrig an. »Darf ich hoffen, dass du wiederkommst?«

»Es wäre möglich.« Aber nicht unbedingt wahrscheinlich. Er vermutete, dass er gegen Ende des Tees zu einer Novität geworden war – vermutlich, weil Gäste, die den Tee bereits früher verlassen hatten, die Nachricht von seiner Anwesenheit verbreitet hatten. »Bist du sicher, dass du noch einmal einen derartigen Menschenauflauf willst?«

Seine Stiefmutter neigte ihren dunklen Kopf zur Seite. »Hmm. Möglicherweise nicht.« Sie atmete aus. »Schade. Weißt du, du könntest einfach über das Geschwätz hinwegsehen.«

Er blinzelte ihr zu. »Das tue ich. Es ist einfach ein Ärgernis und ich möchte nicht, dass deine Gesellschaften meinetwegen belagert werden.«

»Das ist sehr aufmerksam von dir, aber es ist kein Ärgernis für mich. Ich würde jede Art von Ungemach ertragen, wenn es bedeutete, dass du noch ein wenig mehr aus deinem Schneckenhaus herauskommen würdest.«

Es war kein Schneckenhaus. Es war eine gut bewachte Festung, um ihn vor der Absurdität der Gesellschaft zu schützen. Er verabscheute das Herausputzen und den Klatsch und das schreckliche, leichtsinnige Gebaren. Er wollte es nicht weiter diskutieren, also wechselte er das Thema. »Deine neue Gesellschafterin schien angenehm zu sein.« Was für eine langweilige Beschreibung. Sie war atemberaubend und funkelte wie ein Diamant inmitten von Kohle.

»Ich bin sehr zufrieden mit ihr.« Über ihrem Nasenrücken bildeten sich Falten und Titus spürte, dass sie im Begriff war, ihm etwas Wichtiges mitzuteilen. »Tatsächlich werde ich sie fragen, ob sie eine echte Saison haben möchte – nicht nur als meine Gesellschafterin.«

»Was meinst du damit? Möchtest du sie protegieren?«

Sie nickte. »Das möchte ich. Ihr wurde die Chance auf eine glückliche Zukunft verwehrt und ich möchte ihr eine zweite Chance geben.«

Titus biss seine Zähne zusammen, damit er nicht unverblümt sprach. Er wollte nicht, dass sie wusste, dass er sich der Vergangenheit von Miss Lockhart bewusst war – dass er zu denen gehört hatte, die sie mit Verachtung gestraft hatten. Ja, sie hatte einen Fehler gemacht, aber ihre Bestrafung war fruchtbar und hart gewesen.

Seine Stiefmutter fuhr fort: »Ich habe mich gefragt, ob du sie als deine Tanzpartnerin für unseren Ball auswählen könntest.«

Und da war es. Jedes Jahr tanzte er mit einer Dame, die einen kleinen gesellschaftlichen Anstoß brauchte. Die Idee seiner Stiefmutter war vor etwa sechs oder sieben Jahren entstanden. Es war ihre Art, ihn zu überreden, hinter seiner Mauer hervorzukommen, wenn auch nur für eine Nacht. Mit einem so edlen Ziel hatte er es nicht geschafft, ihre Bitte abzulehnen. In der Tat hatte er nur wegen Miss Lockhart zugestimmt. Er hatte es als Buße für die Rolle, die er in Miss Lockharts Untergang gespielt hatte, angesehen, diesen speziell ausgewählten Damen behilflich zu sein.

Jetzt hatte er die Möglichkeit, ihr zu helfen.

Etwas an der Bitte seiner Mutter verunsicherte ihn. Warum? War es wegen seiner Beteiligung vor neun Jahren? Oder war es, weil er sie verdammt attraktiv fand? Nichts davon bedeutete etwas. Er *schuldete* ihr diesen einen Tanz.

»Betrachte diese Angelegenheit als erledigt.«

Sie ließ ihre Hand auf ihre Seite fallen und lächelte. »Vortrefflich.«

»Was sind deine Absichten in Bezug auf Miss Lockhart? Beabsichtigt sie zu heiraten?«

»Ich denke schon. Wir haben es nicht konkret besprochen. Ich habe erst heute Nachmittag meine Entscheidung
getroffen, ihr eine Saison anzubieten, nachdem ich ihr dabei
zugesehen habe, wie sie sich präsentierte. Du hast nicht
gefragt, warum sie unsere Unterstützung braucht, aber ich
werde es dir trotzdem sagen. Sie wurde vor neun Jahren von
der vornehmen Gesellschaft ausgeschlossen, nachdem sie in
einer Umarmung mit diesem Schuft Haywood ertappt
worden war.« Seine Stiefmutter krauste ihre Nase. »Seitdem
lebt sie zurückgezogen auf dem Land und jetzt kann ihr
Vater sie nicht mehr unterhalten. Deshalb hat sie nach einer
Stelle gesucht. So sehr ich ihre Gesellschaft auch genieße –
sie ist eine ausgezeichnete Gesellschafterin – sie verdient
eine eigene Familie.«

Titus konnte das Feuer in den Augen seiner Stiefmutter
sehen. Sie, die ihren Mann und ihr Kind verloren hatte,
nahm nichts als gegeben und war immer bestrebt, anderen
zu helfen. »Du bist ein außergewöhnlich freundlicher
Mensch«, sagte er leise.

»Ich tue nur, was jeder anständige Mensch tun würde.«
Sie richtete sich auf und durchbohrte ihn mit einem unver-
blümten Blick. »Jetzt sag mir, besteht die Möglichkeit, dass
du bereit bist, in dieser Saison eine Ehefrau zu finden?«

Titus verschluckte sich am letzten Rest seines Brandys
und wäre beinahe erstickt. Er hustete. »Ich habe immer
gesagt, dass ich es tun werde, wenn ich eine Frau treffe, die
ich für geeignet halte.«

Sie sah ihn mit einem verzweifelten Blick an. »Wie kann
man erwarten, eine solche Person zu treffen, wenn man nur
ein einziges gesellschaftliches Ereignis im Jahr besucht? Es
sei denn, du wartest darauf, dass ein Mädchen im Lake
District deinem Geschmack entspricht?«

Titus blieb zu Hause genauso für sich, wie in London.
Wenn es junge Damen in der Nachbarschaft seines Familien-

stammsitzes gab, war er sich ihrer absolut nicht bewusst. Die Antwort auf ihre erste Frage war, dass er nicht erwartete, je solch einer Person zu begegnen. »Du bist diejenige, die begierig darauf ist, dass ich heirate. Ich sehe im Moment darin keinen Vorteil.«

Seine Stiefmutter atmete aus. »Nein, ich nehme an, das tust du nicht. Es tut mir leid, dich zu bedrängen, aber ich halte es für meine Pflicht als deine Mutter.«

Seine Mutter.

Für den größten Teil seines Lebens war sie eine warmherzige und unterstützende Konstante gewesen, die genau das richtige Maß an Disziplin und Rat zur Verfügung gestellt hatte, wenn er es gebraucht hatte. Sie war nach dem Tod seines Vaters am Boden zerstört gewesen, aber Titus war vollkommen in seinen Grundfesten erschüttert worden. Er hätte einen ganz anderen Weg einschlagen können. Er hätte sich seinen verwegenen Gewohnheiten hingeben, spielen oder sich in ein frühes Grab trinken können. Aber das hatte er nicht und er hatte es seiner Stiefmutter zu verdanken, die ihn vor dem Abgrund gerettet hatte. Sie hatte ihm nicht die Schuld für seine Irrwege gegeben und ihm keine Schuldgefühle gemacht, weil er nicht begriffen hatte, wie schwer die Krankheit seines Vaters gewesen war. Stattdessen war sie freundlich und liebevoll gewesen und hatte ihn willkommen geheißen, um ihre eigene Trauer zu teilen.

»Danke«, sagte er leise.

Sie berührte seinen Arm. »Ich bin sehr stolz auf dich – ob du dir nun eine Ehefrau nimmst oder nicht.« Sie schenkte ihm das sanfte, zärtliche Lächeln, das ihn bereits im Alter von fünf Jahren überzeugt hatte. »Und dein Vater auch.«

Er stellte sein leeres Glas auf das Sideboard, dann küsste er die Wange seiner Stiefmutter. »Wir sehen uns auf dem Ball.«

Wo er ein neunjähriges Unrecht wiedergutmachen und

die Frau unterstützen würde, die er damals schon hätte retten sollen. Dann konnte er zu seinem geordneten, profanen Leben zurückkehren, hoffentlich befreiter als er sich seit fast einem Jahrzehnt fühlte.

KAPITEL VIER

ora begutachtete sich im Spiegel, ihr Puls rauschte vor Vorfreude auf den Ball, der alsbald in der unteren Etage beginnen würde. Sie drehte sich zur Seite und bewunderte die Drapierung ihres goldenen Satinkleides. Sie sah elegant und kultiviert aus und sie fühlte sich zum ersten Mal seit Jahren wieder schön. Und sie stand tief in Lady Satterfields Schuld, da sie ihr eine zweite Chance gegeben hatte.

Vor drei Tagen, nach dem Nachmittagstee, hatte Lady Satterfield sie überrascht, indem sie fragte, ob sie eine weitere Saison haben möchte. Nora dachte an ihr Gespräch zurück.

Sie hatten sich darauf vorbereitet, in den Park zu gehen, als Lady Satterfield angemerkt hatte, wie gut Nora die Tee-Gesellschaft gehandhabt hatte. »Du bist zum Leben erwacht«, hatte sie gesagt. »Du solltest mehr als nur eine Gesellschafterin sein. Du verdienst eine weitere Saison, damit du deinen rechtmäßigen Platz findest, vielleicht an der Seite eines Ehemannes. Wenn es das ist, was du dir wünschst. Ist es das?«

Nora hatte sie angestarrt und einen Moment lang nicht verstanden, um was es ging. Als sie endlich ihre Zunge wiedergefunden hatte, hatte sie gestammelt. »J–ja. Das heißt, ich habe mir das in den letzten Jahren nicht allzu oft durch den Kopf gehen lassen, aber ja, ich hatte einmal gehofft zu heiraten.«

»Dann helfe ich dir, diese Hoffnung wahr werden zu lassen.«

»Aber denken Sie nicht … denken Sie nicht, dass es zu spät ist? Selbst wenn keine frühere Verfehlung meinen Namen beschmutzt hätte, bin ich doch schon weit über das Alter hinaus, in dem eine Frau heiratet.«

Lady Satterfield hatte energisch mit dem Kopf geschüttelt. »Ich denke nicht, dass es zu spät ist. Du bist sehr intelligent, engagiert *und* attraktiv. Ich glaube nicht, dass es uns Probleme bereiten wird, Verehrer zu finden.«

Sie hatte ›uns‹ gesagt, als wären sie ein Team. Nora verlangte es nach Klärung. Es fiel ihr schwer zu glauben, dass das Angebot der Gräfin ernst gemeint war. »Werden Sie meine Gönnerin sein?«

»Natürlich, Liebes.« Lady Satterfield hatte begeistert gelächelt. »Es wäre mir eine Freude und eine Ehre.«

Nora hatte Mühe gehabt, nicht zu weinen. Lady Satterfield war die freundlichste Person, die sie seit einem Jahrzehnt kennengelernt hatte. Nein, sie war nach dem Tod von Noras Mutter die netteste Person, die sie kannte.

Ihre Augen füllten sich mit Tränen und Nora bemühte sich, sie wegzublinzeln. Es wäre der Sache nicht zuträglich, mit einem geröteten Gesicht nach unten zu gehen, nicht, wo sie doch so wunderbar aussah. Eines der Dienstmädchen im ersten Stock hatte das Kunststück vollbracht, Noras Wellen zu einem modischen Chignon zu schlingen, wobei Locken ihr Gesicht umrahmten. Das Dienstmädchen war gerade in Lady Satterfields Kammer gelaufen, um ein Band zu holen, das Noras Erscheinungsbild komplettieren sollte. Als sie einen Moment später zurückkam, war sie in Begleitung von Lady Satterfield, die so glanzvoll aussah wie eh und je – in einem burgunderroten Kleid, das von einem eleganten schwarzen Band umrandet war.

Die Gräfin führte ihre Hand zu ihrem Mund. »Oh meine Güte, du siehst so schön aus wie eine Prinzessin.«

Nora machte sich nicht die Mühe, ihre Aufregung zu verbergen. »Das scheint passend zu sein, da ich mich wie eine Prinzessin fühle.«

Lady Satterfield senkte ihre Hand, ihre Augen funkelten vor Freude. »Nun, eine Prinzessin braucht ein wenig Schmuck, findest du nicht auch? Ich habe dir die hier zum Ausleihen mitgebracht.« Sie streckte die Handfläche ihrer anderen Hand aus, um ein Paar filigrane goldene Ohrringe in Form von Schmetterlingen und einen passenden Anhänger an einer Kette zu enthüllen.

Nora keuchte leise, abermals überwältigt von der Aufmerksamkeit der Gräfin. »Sie sind wunderschön. Ich danke Ihnen.«

Lady Satterfield beobachtete, wie das Dienstmädchen die Halskette um Noras Hals legte und schloss. »Bist du bereit für den heutigen Abend?«

»Das bin ich.« Obwohl sie beunruhigt war. Was wäre, wenn die Leute sie ablehnen würden? Der Tee war gut verlaufen, nur Lady Dunn hatte ihre Vergangenheit erwähnt und es waren nur die Harpyien gewesen, die Nora behandelt hatten, als gehörte sie nicht dazu. Doch ein Ball war etwas ganz anderes. Würde sie jemand überhaupt zum Tanzen auffordern oder würde sie wie ein Mauerblümchen dastehen? Schlimmer noch, wie ein Jungfern-Mauerblümchen?

Nun, ihr Status als Jungfer war unabänderlich, da ihr fortgeschrittenes Alter von 27 Jahren und ihr unverheirateter Zustand sie fest in dieser Rolle verankerten. Aber unter

Umständen würde ihr Status bald einer Veränderung unterworfen werden. Die Zukunft, von der sie einst geträumt hatte – von einem Ehemann und einer Familie – war vielleicht doch noch denkbar.

»Ich kann Ihnen nicht genug für diese Gelegenheit danken«, sagte Nora, während das Dienstmädchen ihr mit den Ohrringen half. »Ich frage mich, warum ich so viel Glück habe.«

Nachdem sie mit dem Anlegen des Schmuckes fertig war, schlang das Dienstmädchen das Band um Noras Kopf und befestigte es in ihren rotbraunen Locken. Anschließend erklärte Lady Satterfield, dass ihr Meisterwerk nun vollendet sei und entließ das Dienstmädchen.

Allein mit Nora schenkte Lady Satterfield ihr ein wehmütiges Lächeln. »Ich hatte vor vielen Jahren eine Tochter. Ich verlor sie, als sie noch sehr klein war, also hatte ich nie die Gelegenheit, ihr beim Wachsen zuzusehen oder sie durch eine Saison zu führen. Als ich dich neulich beim Tee beobachtete, war ich von deinem Charme und deiner Haltung beeindruckt. Ich würde gerne glauben, dass meine Tochter sich auf die gleiche Weise präsentiert hätte.«

Wieder einmal wurde Nora von Emotionen überwältigt, angesichts der Lobpreisung der Gräfin. »Daran habe ich keinen Zweifel, da sie Ihre Tochter war.« Sie erwog zu erwähnen, dass Lady Satterfields Tochter sich nie so verhalten hätte, wie es Nora getan hatte, wollte sich aber nicht auf die Vergangenheit einlassen. Das hatte sie fast ein Jahrzehnt lang mehr als ausreichend getan.

»Danke. Es ist töricht, aber selbst nach all den Jahren vermisse ich sie noch immer.«

Nora fand es überhaupt nicht töricht. Sie fühlte dasselbe in Bezug auf ihre Mutter. »Ich denke, die Menschen, die wir verlieren, sind immer auf irgendeine Weise ein wenig bei uns. Zumindest ist es das, was ich gerne über meine Mutter denke.«

»Was für ein schöner Gedanke, meine Liebe. Ich empfinde ganz genau so.« Lady Satterfield wandte sich der Tür zu. »Sollen wir hinuntergehen?«

»Gern.« Nora folgte ihr aus dem kleinen Schlafzimmer im Dachgeschoss des Stadthauses. Es war eine Kammer für einen höheren Diener oder ein Kind, aber es war alles, was die Satterfields zur Verfügung hatten. Die Gräfin hatte es mit einem bequemen Himmelbett, eleganten Bettvorhängen, einem gepolsterten Sessel und einem kleinen Schreibtisch schön ausgestattet. Es gab auch einen Schrank und natürlich einen Spiegel an der Wand. Der Raum war überfüllt, aber Nora hatte absolut keine Beanstandungen. Sie hatte ihrer Schwester und ihrem Vater von ihrem Glück geschrieben. Jo war überaus zufrieden gewesen. Nora hatte noch keine Antwort von ihrem Vater erhalten, der scheinbar gerade dabei war, auf die Schafweide seiner Schwester und seines Schwagers zu ziehen.

Nachdem sie die zwei Treppenabsätze nach unten zum Salon hinuntergeschritten waren, stockte Nora der Atem, als sie eintrat. Der Raum war in einen glitzernden Ballsaal verwandelt worden.

Die Türen, die den Salon von dem kleineren Wohnzimmer auf der Rückseite des Hauses trennten, waren offen, um die Räumlichkeiten zu vergrößern. Die Möbel waren an diesem Morgen ausgelagert worden und die drei Fenster zur Mount Street standen offen, sodass die Teilnehmer auf die kleinen Balkone hinausgehen und ein wenig kühle Nachtluft schnappen konnten. Frische Blumen und strahlendes Kerzenlicht schufen eine Atmosphäre von Eleganz und Raffinesse.

Im hinteren Teil des Raumes befanden sich einige der Möbel, die aus dem Salon entfernt worden waren, sowie ein

Buffet-Tisch, der später mit Essen bestückt werden sollte. Vorerst wurde Ratafia gereicht, der eine willkommene Erfrischung bei den steigenden Temperaturen sein würde. Auch die beiden Türen, die sich zur Terrasse mit Blick auf den darunter liegenden Garten öffneten, würden etwas Erleichterung von der Hitze schaffen.

Satterfield betrat den Salon, gefolgt von dem Butler, und kurz darauf war der Ball im Gange. Lady Satterfield hatte erklärt, dass das Tanzen am frühen Abend beginnen würde. Das würde mit zunehmender Besucherzahl, wenn der Ball zu einem wahren Massenandrang wurde, immer schwieriger werden. Sie hatte auch angedeutet, dass Satterfield und sie den ersten Tanz eröffnen würden.

Im Laufe der nächsten halben Stunde wurde Nora einer erstaunlichen Anzahl von Menschen vorgestellt, hatte aber noch keine Einladung zum Tanzen erhalten. Es blieb noch etwas Zeit, bis der erste Durchgang begann. Womöglich würde sich das Blatt noch wenden.

»Eleanor!« Lady Abercrombies hohe Stimme, die von irgendwo links kam, riss sie aus ihren Gedanken.

Oder vielleicht würden sich ihre Chancen verschlechtern.

Nora drehte sich leicht von ihrer Position in der Nähe der Terrassentür um, wo sie die sanfte Brise genossen hatte. »Guten Abend.«

Lady Abercrombie, in deren blondes Haar kunstvoll lumineszierende Perlen eingewebt waren, musterte Noras Kleid. Ihr Blick ging nach unten und ihr Mund kräuselte sich kaum wahrnehmbar, aber es genügte, um ihre Abneigung zu zeigen. »Ich hatte ein Kleid in dieser Farbe, meine Güte, wann war das, vor zwei Jahren?«

Die subtile Beleidigung war Nora nicht entgangen, aber sie ignorierte die Spöttelei. Es würde weit mehr als das erfordern, um sie zu verunsichern.

Lady Abercrombies Blick bewegte sich an Nora vorbei und sie keuchte leise. »Er ist da.«

Nora drehte sich um, als Kendal von der Terrasse hereinkam. Der Verbotene Herzog. Er musste die Außentreppe zur Terrasse hinaufgegangen sein – aber warum war er so heimlich hereinkommen?

Gewandet in düsteres Schwarz, bis auf seine schneeweiße Krawatte und sein Hemd, machte er seinem Beinamen alle Ehre – eine undurchdringliche Festung, die man nie erobern konnte und deren Eroberung man nicht einmal versuchen würde.

Wie bei der Teeveranstaltung fanden seine Augen ihre, doch *jetzt* war Nora verunsichert.

Aber auf die bestmögliche Weise.

Er sah sie mit offenem Interesse an, sein Blick taxierte sie mit äußerster Sorgfalt und blieb dann auf ihr haften … mit ihrem Einverständnis. Ihr war ein wenig warm gewesen, weshalb sie in der Nähe der Türen gestanden hatte, aber jetzt durchdrang Hitze ihren Körper.

»Sind Sie mit dem Herzog bekannt?«, flüsterte Lady Abercrombie. Sie starrte Nora ungläubig an.

»Sie etwa?« Nora äußerte die Frage mit einem gewissen Maß an Sarkasmus und bedauerte es sofort. Nicht, weil Lady Abercrombie es nicht verdient hätte, sondern weil Nora es besser wusste, als sich über die Boshaftigkeit der Harpyie zu grämen.

»Ich traf ihn vor Jahren, während meiner ersten Saison. Sie waren zur gleichen Zeit da, aber ich nehme an, Ihr Umfeld hat sich nicht bis zu ihm ausgedehnt.« Sie hörte auf zu flüstern. »Ich hätte auch nicht gedacht, dass es sich auf Haywood erstreckt hätte.«

Nora erstarrte.

»Ich frage mich, ob er heute Abend hier sein wird«, sinnierte Lady Abercrombie. »Ich bin sicher, er wird Ihnen seinen Respekt erweisen.« Sie machte sich nicht die Mühe, sarkastisch zu sein, sondern ging direkt zu reiner Bosheit über.

Nora wusste genau, dass Haywood nicht kommen würde, weil Lady Satterfield ihn nicht eingeladen hatte. Nora zeigte ein fadenscheiniges Lächeln und richtete sich auf, was ihren Größenvorteil gegenüber der mehrere Zentimeter kleineren Lady Abercrombie nur noch betonte. »Genauso wie ich mir sicher bin, dass er nicht anwesend sein wird. Dies ist eine ziemlich exklusive Veranstaltung, wissen Sie. Tatsächlich frage ich mich, wie Sie eine Einladung erhalten konnten. Ich bin zuversichtlich, dass sich dieser Fehler nicht wiederholen wird.«

Lady Abercrombies Nasenlöcher flackerten, aber bevor sie einen weiteren Angriff starten konnte, war der Herzog bei ihnen und bot Nora seinen Arm an. »Miss Lockhart, ich glaube, ich habe die Ehre des ersten Tanzes?« Sein tiefer Bariton raschelte über ihre Haut wie zuvor die Seide ihres Kleides, als sie es angezogen hatte.

»So ist es«, murmelte Nora und war angetan von seiner opportunen Aufmerksamkeit. Sie kümmerte sich nicht darum, Lady Abercrombie anzusehen, während sie sich der Tanzfläche zuwandten. Nora brauchte den Schock der anderen Frau nicht zu sehen, um ihn zu genießen.

Oh je. Sie hatte sich schrecklich verhalten. Solche Verfehlungen waren genau das, was sie ursprünglich in Schwierigkeiten gebracht hatte. Und direkt vor der Nase des Verbotenen Herzogs. »Ich werde mich später bei Lady Abercrombie entschuldigen«, sagte sie.

»Warum sollten Sie das tun?«, fragte er.

Nora blinzelte ihm zu, bevor sie sich auf den Weg durch die Menge machten, welche sich wie von Geisterhand zu trennen schien, als sie den Salon betraten. »Ich war ziemlich unhöflich. Ich deutete an, dass ich ein Mitspracherecht hätte, wenn es darum geht, wer von Lady Satterfield zu ihrem Ball eingeladen wird. Ich muss mich auch bei ihr für meine Anmaßung entschuldigen.«

»Es wird nicht nötig sein. Meine Stiefmutter würde Ihre Antwort loben und selbst wenn Sie diesem Weibsstück nicht gesagt hätten, dass sie nicht länger in Satterfield House willkommen sein wird, hätte ich sichergestellt, dass sie es nicht ist.«

Nora starrte ihn an. »Lady Satterfield würde mein Verhalten loben?«

Seine Augen waren intensiv, seine Antwort ebenso. »Enthusiastisch. Genau wie ich.«

Nora unterdrückte ein Schaudern. Sie hatte nicht nur die volle Unterstützung von Lady Satterfield, sondern auch die Unterstützung des Verbotenen Herzogs. Das Gefühl von Wiedergutmachung wuchs in ihr, aber sie ermahnte sich selbst, bei klaren Verstand zu bleiben. Das fiel ihr jedoch in so unmittelbarer Nähe des attraktiven Herzogs schwer.

»Wir müssen unseren Platz einnehmen«, sagte er und führte sie auf die Tanzfläche, wo Lord und Lady Satterfield bereits an der Spitze der sich bildenden Reihe standen. Kendal positionierte Nora so, dass sie neben Lady Satterfield stand, so dass sie das zweite Paar bildeten. Die Musiker, die sich in der hinteren Ecke des provisorischen Ballsaals befanden, begannen zu spielen und Panik erfasste Nora. Würde sie sich an die Schritte erinnern? Würde sie sich selbst oder, schlimmer noch, ihn zum Narren machen?

Sie fühlte sich wie eine Betrügerin in einem Szenario, in das sie fälschlicherweise geraten war. Sicherlich würde jemand sie darauf hinweisen und ihr sagen, dass sie gehen müsse. Sie war eine Paria, eine Ausgestoßene. Sie hatte kein Recht, hier zu sein, geschweige denn mit einem *Herzog* zu tanzen.

Aber es war viel zu spät, um wegzulaufen. Der Tanz hatte

begonnen und die Reihe zog sich über die Länge des Salons. Dieser Tanz würde eine ganze Weile dauern, während Nora im Mittelpunkt der Aufmerksamkeit aller stand und die Quelle des Klatsches aller war. Sie konnte den Tratsch geradezu hören, stellte sich vor, wie er sich wie ein frisch entzündetes Feuer entfaltete und ausbreitete.

»Sieh dir an, wen er gewählt hat. Wer ist dieser Niemand?«

»Erinnerst du dich nicht? Sie hat sich vor neun Jahren selbst ruiniert.«

»Wie schrecklich.«

Lord und Lady Satterfield begannen und tanzten zwischen den Linien. Sie waren ziemlich agil, angesichts ihres Alters.

Nora sah nervös zu dem Herzog hinüber. »Lady Satterfield ist eine ausgezeichnete Tänzerin.«

»In der Tat.« Der satte Klang seiner Stimme beruhigte ihre aufgewühlten Nerven. »Sie besteht immer darauf, den ersten Tanz anzuführen, auch wenn es das einzige Set ist, bei dem sie tanzen wird.«

Nora nickte. Das Tanzen war typischerweise den Jungen vorbehalten.

Sie versuchte, ihren Partner nicht anzustarren, aber es war schwierig, da er sich direkt ihr gegenüber befand und sie ihn ansehen sollte. Ansehen, ja, aber nicht anstarren. Und er war des Anstarrens absolut würdig. Sein Ruf passte zu ihm, denn er schien verboten, fast jenseits der Realität. Nicht auf ätherische Weise, sondern auf eine urwüchsige, raue Art und Weise, als ob die vornehme Gesellschaft ihn unmöglich in Schach halten könnte.

Trotzdem oder vielleicht gerade deshalb trug er seine Kleidung mit Gelassenheit. Sie vermutete jedoch, dass er sich in Reithosen und Stiefeln wohler fühlte, wenn er mit seinem Pferd durch den Lake District galoppierte – sie hatte erfahren, dass sich dort sein Stammsitz befand – und seine kräftigen Oberschenkel die Seiten des Tieres umschlossen, während sie sich als eine Einheit bewegten.

Meine Güte, woher kam dieses erstaunliche Bild?

Und dann waren sie an der Reihe. Sie betete, dass sie sich an die Schritte erinnern würde und konzentrierte sich auf die Musik, während sie sich aufeinander zubewegten.

»Sie sehen aus, als ob Sie zur Guillotine geführt werden«, sagte er gerade laut genug, damit nur sie allein es hören konnte.

»Tue ich das?« Sie versuchte zu lachen, hatte aber Angst, dass sie wie ein verwundeter Vogel klingen würde. Sie sehnte sich danach zu fragen, warum er sie ausgewählt hatte und überlegte, ob Lady Satterfield ihn wohl dazu gebracht hatte. Sie entschied, dass sie es nicht wissen wollte.

»Es ist nur ein Tanz.«

Der herrlich absurde Kommentar entlockte ihren Lippen ein echtes Lächeln und linderte etwas von ihrem Unbehagen. »Mit dem ›Verbotenen Herzog‹, der nur einmal pro Saison tanzt. Ja, Sie haben völlig Recht, wenn Sie es so charakterisieren. Danke, dass Sie mich beruhigt haben.«

Er lachte in sich hinein und wie seine Sprechstimme löste das ein Zittern aus, das in ihren Knochen zu beginnen schien und sich nach außen bewegte, wodurch ihr Fleisch kribbelte und ihre Brust warm wurde. »Seien Sie nicht nervös. Und seien Sie schon gar nicht meinetwegen nervös.« Er sagte Letzteres mit einem so trockenen Ton, dass sie befürchtete, dass es sich zusammenrollen und im Wind wegwehen könnte.

»Für einen Herzog ist es leicht, das zu sagen. Ich bin nur ein einfaches Mädchen, das lange Zeit von London weg war.«

»Ich wage zu behaupten, dass sie nie nur ein ›einfaches‹ Irgendwas sind, aber ich werde nicht mit Ihnen diskutieren.

Mitten in einem Tanz zu streiten, wäre der Gipfel der Unge-
schicktheit.«

Diesmal lachte sie ungezwungen. »In der Tat, das
wäre es.«

Er legte seinen Arm um ihre Taille, als sie den Mittelpunkt der Linie passierten, und sie verbanden die Hände
über ihren Köpfen. Wie seine Stimme faszinierte sie seine
Berührung, brachte sie an einen anderen Ort. Einen Ort, an
dem sie keine Ausgestoßene oder Jungfer war, sondern eine
Frau.

Als er ihre Hand losließ, fühlte sie einen Stich der Enttäuschung und wusste, dass sich dieses Gefühl nur vertiefen
würde, wenn er ihre Taille losließ. Aber als er seinen Arm
entfernte, schob er seinen anderen um ihre Vorderseite und
bewegte sich hinter sie. Seine behandschuhte Hand glitt um
sie herum, als er sie umkreiste. Er kam am Ende der Linie
zum Stehen und stellte sich ihr gegenüber, seine Hand
verließ ihre Taille, nahm sie an die Hand und begleitete sie
zurück zu ihrer Position in der Linie. Dann nahm er seinen
Platz ihr gegenüber wieder ein.

Alles war so schnell geschehen, aber sie erlebte es in
halber Zeit – das Gleiten seiner Hand, das Flüstern seines
Atems gegen ihr Ohr, das dunkle Versprechen in seinem
Blick, als er ihr gegenüberstand und ihre Hand nahm.

Dummes, dummes Spatzenhirn! Es gab kein Versprechen –
kein dunkles oder anderweitiges. Wie er gesagt hatte, es war
nur ein Tanz. Ein herrlicher, spektakulärer, köstlicher Tanz,
an den sie sich mindestens zehntausend Mal erinnern würde.

»Was erhoffen Sie sich, in dieser Saison in London zu
tun?« Seine Frage überraschte sie. Sie wusste nicht, was sie
von jemandem erwartet hatte, den man den Verbotenen
Herzog nannte, aber sicher keine gewöhnliche Unterhaltung.

Ich hoffe, dass ich mich vorzüglich präsentieren kann, war die
erste Antwort, die ihr in den Sinn kam, aber sie wollte das

nicht aussprechen. »Ich stelle mir vor, im Park spazieren zu gehen, Besuche zu machen, und ich werde wahrscheinlich die Wände von ein paar Dutzend Bällen und Partys schmücken.« Sie hatte Letzteres als einen kleinen Scherz gemeint, befürchtete aber auch, dass es wahr sein könnte.

Er runzelte seine breite Stirn ob ihrer Worte. »Sie werden nicht die Wand schmücken. Sie haben mit mir getanzt. Jeder wird jetzt mit Ihnen tanzen wollen.«

Sie glaubte ihm. Aber sie hatte auch den beunruhigenden Gedanken, dass jeder andere Partner im Vergleich zu ihm fad erscheinen würde.

Das nächste Paar tanzte zwischen ihnen und platzierte sich an den jeweiligen Enden der Linien.

Obwohl sie frei sprechen und sich über die Musik gegenseitig hören konnten, bedeutete dies, dass ihre tanzenden Nachbarn in der Lage sein würden, alles mit anhören zu können, wenn sie in dieser Lautstärke sprachen. Es war eine Sache, sich neben seinen Eltern zu unterhalten, aber jetzt, da andere lauschen konnten, fand sie, dass sie nichts sagen wollte. Wahrscheinlich, weil das Einzige, was sie besprechen wollte, sein verbotener Status war. Wie hatte er sich wohl diesen Beinamen verdient und wie fühlte er sich dabei? Eine Schande, dass sie es nie erfahren würde.

Schließlich zwang sich eine der vielen Fragen, die ihr durch den Kopf gingen, nach draußen. »Werden Sie nach unserem Tanz gehen?«, fragte sie und bedauerte sofort wieder ihre Kühnheit. »Entschuldigen Sie bitte, das geht mich nichts an.«

»Das ist es, was ich normalerweise tue, ja. Aber ich könnte noch eine Zeit verweilen.« Sein Blick tat genau das – verweilen – auf ihr. Sie liebte das Grün seiner Augen, dunkel und moosig, fast wie Samt.

Der Tanz ging weiter und sie tauschten noch ein paar weitere Höflichkeiten aus. Nora war eingelullt in ein angenehmes Gefühl, etwas, von dem sie vermutete, dass es in dem Moment, in dem der Tanz endete, verfliegen würde. Das Ende stand unmittelbar bevor, da das letzte Paar die Linie entlang begonnen hatte.

»Unser Tanz ist fast zu Ende«, sagte Kendal.

»Es gibt noch einen anderen in dieser Runde, nicht wahr?«

Er schüttelte den Kopf. »Nicht dieses Mal. Die erste Runde besteht nur aus einem Tanz – meine Stiefmutter bevorzugt es so.«

Nora hatte das nicht gewusst und war unerklärlich enttäuscht. Die Musik ging zu Ende und alle verneigten sich oder knicksten vor ihrem Partner. Kendal bot seinen Arm an und Nora legte ihre Hand auf seinen Ärmel. Sie würde diesen Moment genießen, sicher, dass er sich nie wieder-holen würde.

Er führte sie zurück in den Erfrischungsraum und wieder teilte sich die Menge wie durch einen Zauber. Es schien so, als hätte Kendal eine ganz besondere Art von Magie gewirkt, die jeden in einen unterwürfigen Zustand versetzte.

Sie passierten Lady Dunn, die in der Nähe der Wand saß. Diese betrachtete Nora und Kendal mit einem Ausdruck von Bewunderung oder vielleicht Anerkennung auf dem Gesicht. Kendal verabschiedete sich und Lady Dunn bat Nora, sich ihr anzuschließen.

»Gut gemacht, meine Liebe«, sagte die ältere Frau. »Wenn wir uns das nächste Mal treffen – abseits dieses Gedränges – musst du mir den ganzen Tanz erzählen. Ich will jedes einzelne Detail hören, angefangen damit, warum er dich aufgefordert hat.«

Das war eine Frage, auf die Nora keine Antwort hatte und die sie immer wieder überdenken würde – wenn sie nicht zu sehr damit beschäftigt war, sich einfach nur glücklich zu fühlen, dass er es getan hatte.

KAPITEL FÜNF

*N*achdem er seiner Stiefmutter gegenüber seine Pflicht getan hatte, ging Titus nach oben in Satterfields Arbeitszimmer, um der Einfältigkeit der Ballgäste zu entgehen. *Nicht alle von ihnen waren ermüdend,* sagte er sich selbst. Vor allem ein Gast war sehr faszinierend.

Er hörte einen stetigen Strom von Damen, die den Wohnraum seiner Stiefmutter nebenan betraten, der in einen Ruheraum umgestaltet worden war. Er fragte sich, ob eine von ihnen Miss Lockhart mit ihren goldbraunen Augen und ihrem verführerischen Lächeln war.

Sein alljährlicher Tanz war für ihn immer eine Pflicht gewesen, aber heute Abend hatte er es mehr denn je genossen, ihn aufzuführen. Miss Lockhart war erfrischend offen. Er hatte sich davon abhalten müssen, laut zu lachen, über die Art und Weise, wie sie diese lächerliche Heuchlerin in ihre Schranken gewiesen hatte. Seit langem hatte er sich nicht mehr so wohl gefühlt mit einem Menschen, der nicht aus seinem inneren Kreis kam. Möglicherweise seit einer Ewigkeit.

Und wer war sein ›innerer Kreis‹? Seine Stiefmutter,

natürlich, und Satterfield. Sein Verwalter in Lakemoor, sein Sekretär hier in London, vermutlich sein Diener und vielleicht sein Butler. Oder der Stallmeister von Lakemoor. Es gab einmal eine Zeit, da hätte er die Gruppe von Freunden, mit denen er in seiner Jugend zusammen gewesen war, mit einbezogen, aber er hatte sie zurückgelassen, nachdem er sich von ihrem Lebensstil abgewandt hatte. Einige von ihnen waren ein wenig gereift, während andere so verkommen waren wie eh und je. Er war mit einigen von ihnen befreundet – sie diskutierten über Politik und dergleichen – aber er pflegte keine sozialen Kontakte zu ihnen.

Ja, er war allein, aber nicht einsam, wie seine Stiefmutter vermutete, und so gefiel es ihm.

Als hätte er sie durch seine Gedanken herbeigerufen, öffnete sich die Tür und Lady Satterfield kam herein und sagte: »Da bist du ja. Harley sagte, du wärst nicht gegangen, was ich kaum glauben konnte.«

Titus hatte sich kurz mit dem Butler der Satterfields unterhalten, bevor er nach oben gegangen war. Geradeso wie er von Titus' Ankunft beim Tee neulich überrascht war, schien er erstaunt zu sein, zu erfahren, dass Titus nicht sofort gehen würde, sobald er den Gefallen für Lady Satterfield erfüllt hatte.

Titus zuckte mit den Achseln und trank von dem Whisky, den er sich von der Anrichte seines Stiefvaters eingegossen hatte. »Ich brauchte nur etwas Ruhe.«

»Wirst du zum Ball zurückkehren?«, fragte sie mit einem leichten Hauch von Hoffnung.

Er zuckte wieder mit den Schultern.

Sie schüttelte den Kopf, lächelte aber. »Du brauchst nicht zu bleiben. Ich weiß es zu schätzen, dass du mit Nora getanzt hast.«

Nora. Er versuchte, sie als Miss Lockhart zu betrachten. Aber von dem Moment an, als er ihren Namen gehört und die Sinnlichkeit erlebt hatte, die sie in seinem Verstand zu entfachen schien, war ihm das nicht leichtgefallen. Vielleicht würde er es auch nicht mehr versuchen – zumindest in seinem Kopf.

»Hat es geholfen?«, fragte er.

Seine Stiefmutter atmete aus. »Ich bin mir noch nicht sicher. Sie hat gerade ihre zweite Einladung zum Tanzen erhalten und Lady Dunn – gesegnet sei diese Frau trotz ihrer Vorliebe für Klatsch und Tratsch – hat ihr Wohlwollen kundgetan.« Ihre Lippen wölbten sich nach unten. »Es gibt jedoch auch andere Damen, die Nora in der Vergangenheit gekannt haben und die nicht so gnädig waren.«

Titus verspürte den Drang, zum Ball zurückzukehren und die zanksüchtigen Weibsbilder, die Nora belästigten, finster anzustarren. »Ja, ich habe zufällig mit angehört, wie eine von ihnen mit Miss Lockhart sprach. Ich kenne ihren Namen nicht, danach musst du Miss Lockhart fragen. Du solltest sie nie wieder in Satterfield House einladen.«

Seine Stiefmutter runzelte ihre Stirn ob seiner Bemerkung. »In der Tat? Du klingst, als wärst du zu ihrer Verteidigung beigesprungen.«

Titus wollte seine Schuldgefühle gegenüber Nora oder die Tatsache, dass er sich verpflichtet fühlte, ihr zu helfen, nicht preisgeben. »Ich tue nur, was du wolltest, um ihren Status zu verbessern.«

»Und ich weiß das zu schätzen. Möglicherweise würde es dir dann nichts ausmachen, noch ein wenig mehr von deiner Unterstützung zu gewähren. Wir werden in einigen Tagen an Lady Fitzgibbons Picknick in Brexham Hall teilnehmen. Wirst du dich uns anschließen?«

Titus konnte sich nichts vorstellen, was er weniger gerne tun würde. Der Gedanke, einen ganzen Nachmittag bei einem faden gesellschaftlichen Ereignis zu verbringen, ließ seine Haut kribbeln. Früher hatte er solchen Unsinn genos-

sen, aber jetzt würde er sich lieber mit seinem Sekretär
treffen oder in ein Traktat oder ein Buch vertiefen.

Dieses Ereignis würde jedoch Nora einschließen. Sicherlich würde das das Potenzial des Picknicks von eher langweilig auf unterhaltsam heben?

»Du musst nicht für die ganze Zeit kommen«, sagte seine
Stiefmutter. »Hoffentlich hat sie bis dahin die Gunst einiger
erlangt, vielleicht sogar einen potentiellen Verehrer oder
zwei, und deine fortgesetzte Aufmerksamkeit wird ihren
Status nur noch festigen.«

Natürlich gäbe es Verehrer. Sie war auf der Suche nach
einem Ehemann, nicht wahr? Dennoch entfachte der
Gedanke an einen Gentleman, der ihr offen den Hof machte,
seine Verärgerung. »Ich werde in Erscheinung treten. Wird
das genügen?«

Ihre Augenbrauen hoben sich in einen anmutigen Bogen
ob ihres Erstaunens. »Mehr als das. Ich hatte erwartet, dass
du nein sagst.«

Wenn es jemand anderes als Nora gewesen wäre, hätte er
das auch getan. Aber er fühlte sich in einer besonderen
Verantwortung, ihrer Sache zu helfen. Er mag nicht derjenige gewesen sein, der sie kompromittiert hatte, aber er
könnte genauso gut dort gestanden und Haywood ermutigt
haben.

»Vielleicht lässt du endlich deine Deckung fallen.« Seine
Stiefmutter hob eine Schulter und schenkte ihm ein
verschmitztes Lächeln. »Wer weiß, vielleicht nimmst du dir
sogar eine Ehefrau.«

»Lass uns nicht das Pferd beim Schwanz aufzäumen.« Er
trank den Rest seines Whiskys.

Sie kicherte. »Nicht doch. Und wie auch immer, ich bin
ziemlich zufrieden damit, die Gönnerin von Miss Lockhart
zu sein. Sobald ich ihre Zukunft gesichert habe, kann ich mir
eine andere junge Dame vornehmen. Es ist ziemlich bele-

bend.« Ihr Lächeln war von Traurigkeit durchdrungen. »Es hält meine Erinnerung an Eliza wach.«

Sie sprach von Titus' Halbschwester, die im Alter von drei Jahren gestorben war, als Titus zehn Jahre alt war. Es hatte danach keine anderen Kinder mehr gegeben, also war es naheliegend, dass die Unterstützung von Nora ihr gefiel. Er stellte sein leeres Glas auf das Sideboard und nahm die behandschuhte Hand seiner Stiefmutter. »Es tut mir leid, wenn das alte Wunden aufreißt.«

Sie drückte seine Finger und ließ ihn dann los. »Das tut es nicht. Eliza ist immer bei mir.« Sie berührte kurz ihre Brust über ihrem Herzen, ehe sie ihren Handschuh über ihrem Ellenbogen zurecht zog. »Ich mache mir allerdings Sorgen um dich. Bist du wirklich glücklich, wenn du alleine bist?«

»So glücklich, wie ich sein sollte.« Er hätte gesagt, wie ich es verdiene, aber das hätte unerwünschte Fragen und weitere Sorgen ausgelöst. »Ich sollte alsbald noch glücklicher sein, wenn ich von diesem Ball weg bin.« In der Tat, warum war er nicht schon gegangen?

Ein Bild von Nora – die stolze Neigung ihres Kopfes und das selbstbewusste Recken ihres Kinns, als sie diese Frau in ihre Schranken gewiesen hatte – erwachte in seinem Kopf und er tadelte sich schweigend selbst. Er hatte eine gute Stunde verschwendet – mittlerweile sogar mehr als die, die er in seinem Club oder in seiner Bibliothek hätte verbringen können. Oder noch besser, in den Armen seiner Mätresse.

Seine Stiefmutter ging auf die Tür zu. »Ich fürchte, ich muss nach unten zurückkehren. Ich bin seit einer Ewigkeit weg.« Sie hielt an der Schwelle inne. »Wirst du mit mir kommen oder gehst du?«

»Ich gehe.«

»Dann gute Nacht.« Sie warf ihm eine Kusshand zu und ging.

Titus folgte ihr aus dem Zimmer, aber als er die Hinter-treppe hinunterkam, fragte er sich, ob er wirklich zu seiner Mätresse gehen würde. Er war seit dieser ersten Nacht nicht mehr bei ihr gewesen, seit fast einer Woche? In der Nacht bevor er Nora getroffen hatte.

Mit zusammengepresstem Kiefer beschloss er, Isabelle zu besuchen. Er musste zu seiner normalen Londoner Routine zurückkehren, zu der auch regelmäßige Besuche bei seiner Mätresse gehörten. Aber als er in seine Kutsche stieg, dachte er nicht an seine schöne Kurtisane. Nein, er dachte an braune Augen und dunkelrosa Lippen, die einer Frau gehör-ten, die er nie haben konnte.

~

Zwei Abende später besuchte Nora mit Lady Satterfield eine Soiree im Haus von Lord Bunting. Es herrschte kein Andrang, aber es waren weitaus mehr Menschen gekommen, als Nora erwartet hatte. Sie hatte vergessen, wie viele Leute ihre Abende damit verbrachten, in London nach Unterhaltung zu suchen. Es ließ die letzten neun Jahre ihres Lebens unglaublich ruhig und schmerzhaft einsam erscheinen.

Aber es hätte nicht den gesellschaftlichen Trubel von London gebraucht, um diesen Punkt zu unterstreichen.

Sie war sich ihrer Einsamkeit und der Tatsache, dass sie für immer allein sein würde, nur allzu bewusst gewesen. Bis sie es nicht mehr war. Und jetzt, da sie es nicht war ... nun, es fühlte sich seltsam an, wieder in diesen Wahnsinn hinein-gezogen zu werden.

Wahnsinn? War es das, wie sie das gesellschaftliche Leben sah?

Ja, denn *jeder* würde zugeben, dass die Londoner Saison

überwältigend und schrecklich und durchaus ziemlich verrückt war.

Warum war sie dann hier?

Weil sie nicht wieder zu dem zurückkehren wollte, wie die Dinge vorher waren – nicht, dass sie es angesichts der Misserfolge ihres Vaters gekonnt hätte. Trotzdem stand ihr nicht der Sinn danach. Sie konnte sich damit begnügen, als Gesellschafterin von jemandem zu arbeiten. Nur die Verlockung eines Ehemannes, einer Familie und eines ruhigen, komfortablen Lebens war zu groß, um sie zu ignorieren.

»Nora?« Lady Satterfield unterbrach Noras gedanklichen Exkurs in dem Wohnzimmer, in das sich die Damen nach dem Abendessen zurückgezogen hatten.

Nora erkannte, dass sie die Gespräche, die um sie herum stattgefunden hatten, verpasst hatte und ermahnte sich schweigend, dem Geschehen um sich herum mehr Beachtung zu schenken. Sie wollte Lady Satterfield nicht in Verlegenheit bringen. »Ich habe mich nur gefragt, wann der Tanz beginnen wird«, sagte sie, um ihre Unachtsamkeit zu überdecken.

Auf Lady Satterfields Stirn zeigte sich eine winzige Falte, aber nur für einen flüchtigen Moment. »Lady Bunting hat gerade bedeutet, dass der Salon fertig ist. Sollen wir gehen?«

Als die anderen Damen begannen, sich zu erheben, erschauderte Nora innerlich, weil sie beim Flunkern erwischt worden war. Sie stand auf und Lady Satterfield lehnte sich nah an sie heran. »Es ist schon in Ordnung. Wenn du müde bist, können wir uns früh von hier verabschieden.«

Nora wollte die Gräfin für ihr schnelles und mitfühlendes Verständnis umarmen. Aber sie war nicht müde. Sie war nur … sie wusste nicht, was sie war. Sie wollte tanzen, beschloss sie. Ja, das war eine Sache an London, die sie liebte und bei der sie sich glücklich fühlte, wieder dabei zu sein.

»Danke, aber ich würde gerne bleiben. Ich war einfach

für ein paar Minuten in Gedanken versunken.« Nora verließ das Wohnzimmer an Lady Satterfields Seite.

Sobald sie den Salon betraten, wurde Nora von einem Herrentrio belagert, das sie um einen Tanz bat. Sie versprach, mit allen dreien zu tanzen und sie zogen sich zurück, bis die Musik beginnen würde.

Lady Satterfield strahlte sie an. »Meine Güte, das war wunderbar, nicht wahr?«

Nora wusste nicht, was sie sagen sollte. Nachdem sie neulich Abend mit Kendal getanzt hatte, hatte sie nur noch zweimal getanzt. Sie hatte die Aufmerksamkeit geschätzt, aber angenommen, dass es daran lag, dass sie das Mündel der Gastgeberin war. Heute Abend war sie jedoch nur ein weiterer Gast. Und vielleicht auch ein gefragter.

Nach so vielen Jahren und wegen der Art und Weise, wie sie die Stadt verlassen hatte, kam sie nicht umhin, vorsichtig damit umzugehen. Sie wandte sich an Lady Satterfield. »Warum, vermuten Sie, ist das geschehen?«

Lady Satterfield ließ ein leichtes Lachen erklingen. »Du bist attraktiv, intelligent und jenseits jeder Affektiertheit. Ich nehme an, das wird viele Gentlemen ansprechen.«

Lord und Lady Satterfield hatten darauf bestanden, eine bescheidene Mitgift für Nora auszusetzen und diese fragte sich nun, ob diese Tatsache beim Interesse der Gentlemen eine Rolle spielte. Wahrscheinlich, aber so funktionierte es. Man heiratete aus einer Vielzahl von Gründen, darunter auch wegen finanzieller Vorteile. War Nora nicht darauf aus, ihre eigene Situation zu verbessern? Sie war nicht auf der Suche nach einem Titel oder einem Übermaß an Geld, aber sie sehnte sich nach Geborgenheit.

Ihr erster Tanzpartner war Lord Markham, ein Earl Mitte dreißig, mit schwindendem Haaransatz und einem warmen Lächeln. Er hatte das letzte Jahrzehnt im Dienste der Regierung verbracht und war nun, so Lady Satterfield, auf der Jagd nach einer Ehefrau.

Sie sprachen von Londoner Vergnügungen und Beschäftigungen im Freien. Er war ein freundlicher Kerl und Nora genoss ihre gemeinsame Zeit. Aber der Tanz war schon bald vorbei und sie ging zu ihrem nächsten Partner, Mr. Reginald Dawson. Wie beim ersten Tanz tauschten sie und Mr. Dawson Höflichkeiten aus. Etwas jünger als Lord Markham war Dawson ein Witwer mit zwei kleinen Kindern. Er machte kein Geheimnis daraus, dass er nach einer neuen Ehefrau suchte – einer, die nicht davor zurückschrecken würde, in die Mutterrolle zu schlüpfen.

»Ich vermute, ich stehe vor einer großen Herausforderung«, sagte er. »Ich versuche, eine Lady zu finden, die nichts gegen eine unmittelbare Familie hat.« Er blickte Nora an, als der Tanz zu Ende ging.

Nora dachte darüber nach – eine unmittelbare Familie – und entschied, dass es sie nicht verschreckte. Sie hatte fast keine Erfahrung mit Kindern, aber sie hatte keine Angst vor der Aussicht, besonders nicht, da sie von Herzen eine eigene Familie wollte. »Oh, ich weiß nicht«, sagte sie und nahm seinen Arm, damit er sie von der Tanzfläche führen konnte. »Sie könnten überrascht sein, Mister Dawson.«

Er warf ihr einen Blick zu, der tatsächlich überrascht war, seine dunkelbraunen Augen funkelten. »In der Tat? Es ist wunderbar, das zu hören.«

Dawson führte sie zu dem Tisch mit den Erfrischungen, wo Nora ein Glas Ratafia annahm.

»Nochmals vielen Dank für den Tanz«, sagte Dawson, seine Lippen verzogen sich zu einem Lächeln. »Ich freue mich auf unsere nächste Begegnung.« Er präsentierte eine galante Verbeugung, auf die Nora mit einem Knicks antwortete.

Als er ging, näherte sich eine Frau und Nora hätte sich

beinahe an ihrem Drink verschluckt. Es war Lady Kipp-Landon, mit der sie beim Tee von Lady Satterfield erneut bekannt gemacht worden war.

Nora sah die andere Frau mit einem gesunden Maß an Vorsicht an und blickte sich nach ihrer Begleiterin, der hochmütigen Lady Abercrombie, um. Glücklicherweise war sie nirgendwo zu sehen.

Lady Kipp-Landon spreizte ihre Lippen zu einem grausigen Lächeln. Oder zumindest sah es für Nora grausig aus. Irgendwas daran erwies sich als nicht stimmig. Vielleicht lag es daran, was sie sagte. »Wie schön, Sie hier zu sehen, Miss Lockhart. Was für ein schönes Kleid.« Ihr Blick fiel auf Noras Kostüm, welches aus einem Stoff war, der einige Nuancen heller war als der Goldton des Kleides, das sie zu Lady Satterfields Ball getragen hatte – eine Farbe, die Lady Abercrombie verspottet hatte.

Nora konnte das Teufelchen in ihrem Nacken nicht ignorieren. »Sind Sie sicher, dass die Farbe nicht zu veraltet ist?«, fragte sie und bedauerte es fast sofort. Sie durfte sich nicht auf ihr Niveau herablassen.

Lady Kipp-Landons Augen weiteten sich kurzzeitig. »Oh nein, überhaupt nicht! An Ihnen sieht es ziemlich bezaubernd aus. Wie ich sehe, haben Sie mit Lord Markham getanzt.« Sie schlich sich näher an Nora heran, als wären sie Freundinnen. »Plant er, Ihnen einen Besuch abzustatten?«

Für einen Moment stand Nora einfach da und versuchte, das Geschehene zu verstehen. Hielt Lady Kipp-Landon sie für Freunde?

»Ich bin mir sicher, dass ich das nicht weiß«, murmelte Nora. »Wenn Sie mich entschuldigen wollen, ich muss den Ruheraum finden.«

»Selbstverständlich. Er ist oben – man kann ihn nicht verfehlen.« Ihr Gesicht erhellte sich. »Es war reizend, mit

Ihnen zu plaudern. Vielleicht sehen wir uns morgen im Park!«

Nora kam nicht umhin, die Frau anzusehen, als wäre ihr ein drittes Ohr gewachsen. Sie hatte Lady Kipp-Landon und Lady Abercrombie am Tag nach Lady Satterfields Ball im Park gesehen und sie hatten kein Wort zu ihr gesagt. Was hatte sich geändert?

Sie ging in den Ruheraum und hatte das Glück, Lady Satterfield zu treffen, die sie zur Seite zog. »Wie ist dein Abend?«

»Schön, danke. Ich habe gerade mit Mister Dawson getanzt.«

»Ah ja. Wie war es?«

»Sehr angenehm.« Nora hatte mit ihrer Antwort gezögert, aber nicht wegen ihres Tanzes mit Dawson. Sie dachte immer noch an Lady Kipp-Landons eigenartiges Verhalten.

Lady Satterfield sah Nora aufmerksam an und bemerkte ihr anhaltendes Unbehagen. Sie senkte ihre Stimme und wandte dem Ruheraum den Rücken zu. »Gibt es noch etwas anderes?«

Nora blickte durch den Raum. Abgesehen von einer älteren Frau, die auf einer Chaiselongue in der Nähe der Ecke saß, war er leer. »Lady Kipp-Landon sprach mit mir … als wären wir Freunde.«

Lady Satterfield runzelte die Stirn. »Was hat sie gesagt?«

»Sie fragte nach Lord Markham, machte mir Komplimente für mein Kleid und sagte, sie freue sich darauf, mich im Park zu sehen.«

Lady Satterfield war sich bewusst, wie sie und Lady Abercrombie sich Nora gegenüber verhalten hatten, besonders letztere auf Lady Satterfields Ball. Wie versprochen, hatte Kendal gegenüber seiner Stiefmutter etwas erwähnt, und jetzt war Lady Abercrombie für immer von der Einladungsliste der Gräfin verbannt.

Lady Satterfields graue Augen leuchten. »Ich denke, ich verstehe es. Lady Kipp-Landon hat erkannt, dass du immer beliebter wirst. Du hast die Aufmerksamkeit mehrerer Herren erregt, darunter auch die eines Earls. Sie täte besser daran, dich als Verbündete als zum Feind zu haben.«

Nora schüttelte vor Abscheu den Kopf. »Aber ihr Verhalten ist so affektiert. Sie will eigentlich nicht meine Freundin sein.«

»Vielleicht nicht«, sagte Lady Satterfield sanft. »Und Du musst dich natürlich nicht mit ihr anfreunden. Ich möchte dich jedoch dringend bitten, freundlich zu sein, denn es wird deiner Sache nur helfen.«

Wenn sie also ihr Ziel, einen Mann zu finden, erreichen wollte, müsste Nora auch auf Täuschung zurückgreifen. Sie hatte schon in ihrer Jugend gewusst, dass man eine Art Schauspiel aufführen musste, um an Akzeptanz zu gewinnen und Verehrer anzuziehen. Aber jetzt, da sie älter war, war sie sich überhaupt nicht sicher, ob sie diese Dinge tun wollte. Ihr Gefühl des Unbehagens verflüchtigte sich nicht.

Lady Satterfield runzelte die Stirn. »Du scheinst immer noch unsicher zu sein. Gibt es etwas, was ich tun kann?«

Nora wollte sie nicht beunruhigen. »Nein, ich bin nur aus der Übung.«

Die Mine der Gräfin erhellte sich. »Natürlich bist du das. Es ist ein ziemlicher Tempowechsel. Du musst dir keine Sorgen machen, dass du dich überfordert oder unsicher fühlst. Du wirst deinen Halt wiederfinden, du wirst sehen.« Lady Satterfield berührte ihren Arm. »Aber wenn du jemals eine Veranstaltung verlassen willst, brauchst du nur ein Wort zu sagen. Dein Wohlbefinden ist meine Priorität, meine Liebe.«

Nora lächelte ihre freundliche Gönnerin an. »Sie sind sicher vom Himmel gesandt.«

Lady Satterfield lachte. »Ich bin mir nicht sicher, ob mein Mann oder mein Stiefsohn dir zustimmen würden.«

»Unsinn. Sie lieben Sie beide.« So schien es Nora zumindest.

»Ja, aber das bedeutet nicht, dass ich ihre Geduld nicht von Zeit zu Zeit auf die Probe stelle.« Sie zwinkerte Nora zu. »Komm, ich warte auf dich, während du dich frisch machst, und dann gehen wir wieder hinunter. Du hast noch einen weiteren Tanz geplant, nicht wahr?«

Nora nickte. Sie führte eine kurze Toilette durch, dann kehrten sie zu der Gesellschaft zurück. Als Nora ihren nächsten Tanz begann, hoffte sie, dass das, was Lady Satterfield gesagt hatte, wahr war – dass sie bald weniger verunsichert sein würde. Die Alternative, dass sie dieses Leben einfach nicht mochte, stand jedoch im Vordergrund ihres Denkens.

Vielleicht hatte sie das Glück, einen Mann zu finden, der ihr das gewohnte, ruhigere Landleben ermöglichen würde. Vielleicht jemand wie Mr. Dawson. Definitiv kein Unberührbarer wie der Duke of Kendal. Das war ihr Bestreben während ihrer ersten Saisonen gewesen, der funkelnde Traum, von dem sie törichterweise gedacht hatte, dass er in Reichweite sei.

Diesmal verstand sie die Möglichkeiten, aber auch die Risiken. Und sie hatte nicht vor, wieder den Unwägbarkeiten der vornehmen Gesellschaft zum Opfer zu fallen.

KAPITEL SECHS

*B*rexham Hall, die Londoner Residenz von Lord Fitzgibbon, war ein jahrhundertealtes Landhaus palladianischen Designs, zu dem rund fünfhundert Hektar Land gehörten. Seine Größe und die Nähe zur Stadt machten es zu einem beliebten Zufluchtsort der High Society. Titus war nur wenige Male hier gewesen, aber nie zum jährlichen Picknick von Lady Fitzgibbon.

Auf dem Weg, der zum Picknick führte, war eine Art Empfangs-Komitee eingerichtet worden und die Satterfields und Nora beendeten gerade einen kurzen Austausch mit ihren Gastgebern. Titus war mit seinem Pferd zum Picknick geritten und ging direkt zu den Ställen, um das Empfangs-Komitee zu umgehen.

Nora drehte ihren Kopf zur Seite, ein breitkrempiger Hut verbarg ihr Gesicht sowohl vor dem hellen Sonnenlicht als auch vor ihm. Das störte ihn nicht sonderlich, denn er konnte sich nur zu gut an die Neigung ihrer Nase, den großzügigen Schwung ihrer Unterlippe und das warme Funkeln in ihren braunen Augen erinnern. Genau diese Gesichtszüge hatten ihn in seinen Träumen verfolgt. Als er nun die

Ursache betrachtete, machte er die Schuld, die er fühlte, dafür verantwortlich. Hoffentlich würde ihm der heutige Besuch Entlastung bringen.

Als sie ihre Gastgeber verließen und den Weg fortsetzten, machte sich Titus auf den Weg in ihre Richtung. Er war sich vage der Leute bewusst, die ihn anstarrten, wenn er an ihnen vorbeikam. Er hatte nicht mehr so viele gesellschaftliche Ereignisse in so rascher Folge besucht – Tee, Ball und jetzt das Picknick – seit sein Vater gestorben war.

Sein Stiefvater sah ihn zuerst und neigte den Kopf, als er sich vorbeugte, um Titus' Stiefmutter etwas zu sagen.

Sie drehte sich um, um ihn zu begrüßen. »Ah, Kendal, ich freue mich, dich hier zu sehen.« Sie neigte ihren Kopf zu Nora. »Schau, wer gekommen ist, Nora.«

Nora drehte sich um und hob ihren Blick. Ihre warmen braunen Augen, so kühn und ausdrucksstark, verzauberten ihn. »Guten Tag, Eure Hoheit.«

Er nahm ihre Hand und drückte seine Lippen auf den Rücken ihres Handschuhs. Das Kleidungsstück störte ihn, weil er lieber ihre nackte Haut geküsst hätte. »Guten Tag. Es ist ein schöner Tag für ein Picknick.«

Der alberne Kommentar klang absurd in seinen Ohren. Er hatte schon lange nicht mehr versucht, auf solch unsinnige Weise Konversation zu betreiben.

Seine Stiefmutter lächelte breit. »Es ist heute besonders schön. Ich erinnere mich nicht daran, wann das jährliche Picknick von Lady Fitzgibbon das letzte Mal mit so schönem Wetter gesegnet war. Kendal, komm und schließe dich uns auf unserer Decke an.« Sie nahm den Arm ihres Mannes und wies den Weg.

Titus hielt seinen Arm für Nora hin. Sie wand ihre Hand um seinen Ärmel und Titus' Körper wurde vor Aufregung lebendig. Verdammt.

Er bemühte sich, seine Gedanken von ihren Reizen fernzuhalten. »Wie ich sehe, halten Sie meine Stiefmutter beschäftigt.«

Nora warf ihm einen rätselhaften Blick zu, der ihm fast neugierig erschien – und doch stellte sie keine Frage. »Wir haben meine Garderobe erweitert. Sie war unglaublich großzügig. Sie sagt, es ist ihr ein Vergnügen, eine junge Frau zu protegieren und zu umsorgen.« Sie schüttelte den Kopf, ihre Lippen wölbten sich zu einem selbstironischen, halben Lächeln. »Ich frage mich nur, was ich getan habe, um mir solche Freundlichkeit zu verdienen.« Ah, das war ihre Frage: Warum sie?

Weil sie es verdient hatte.

»Muss es wegen etwas sein, was Sie getan haben?«, fragte Titus. »Meine Stiefmutter ist von Natur aus ein außergewöhnlich wohlwollender Mensch. Ich bin nicht im Geringsten überrascht, dass sie Sie protegieren wollte.«

Sie erklommen einen kleinen Hügel und das Picknick lag vor ihnen. Dutzende von bunten Decken, die so elegant wie ein Society-Dinner angeordnet waren, zierten den grünen Rasen. Der Gedanke, Nora mit einer Vielzahl von Menschen zu teilen, ärgerte ihn fast so sehr wie der Handschuh an ihrer Hand. Was lächerlich war. Er war hier, um ihre Akzeptanz und ihren Erfolg zu sichern. Er hatte kein persönliches Interesse oder Engagement, außer das Unrecht zu berichtigen, das er ihr angetan hatte.

Er versuchte, das Gespräch harmlos zu halten. Er war einmal sehr gut darin gewesen, charmante junge Damen mit seinem Geschick für Konversation zu bezaubern. Zurückblickend erschien ihm das wie ein anderes Leben. »Waren Sie schon einmal in Brexham Hall?«

Sie sah ihn schief an und der Ausdruck in ihrem Gesicht war von Unglauben geprägt. »Meine Güte, nein. Ich war während meiner Saisonen nicht in einer Position, die hoch genug gewesen wäre. Brexham Hall ist eine Destination für die Unberührbaren.«

»Wer zum Teufel sind die Unberührbaren?«

Sie lachte und er liebte den dunklen, kehligen Klang davon. »Gesprochen wie ein wahrer Unberührbarer.« Sie sah ihn wieder an, diesmal studierte sie ihn ausführlich. »Soll ich es erklären?«

»Nein, ich glaube, ich verstehe die Bedeutung.« Er versuchte, nicht zu finster dreinzuschauen. Diese starke Spaltung selbst innerhalb der Oberschicht war ein weiterer Grund, warum er die High Society verabscheute. Er interessierte sich nicht für Menschen, die ihm vorschreiben wollten, mit wem er sich anfreunden oder mit wem er sich verbinden sollte. Oder tanzen. Oder sich verlieben.

Nicht, dass er *deswegen* in Gefahr wäre.

»Ich wollte Sie nicht beleidigen«, sagte sie leise.

Das hatte sie nicht, aber er erkannte an, dass er ihr nicht seine beste Seite zeigte. Zum Teufel, hatte er überhaupt eine *gute* Seite? Er hatte schon vor langer Zeit aufgegeben, sich auf die Art und Weise zu verhalten, die notwendig war, um Lächeln und Zuneigung zu gewinnen. Damals, als er es noch getan hatte, war diese Fähigkeit mühelos gekommen. Was war in den vergangenen Jahren mit ihm passiert? Er wusste es: ein anhaltendes Gefühl des Abscheus vor seinem jugendlichen Verhalten und eine starke Dosis Zynismus, die von genau den Menschen erzeugt wurde, die er einst ›Freunde‹ genannt hatte.

Nora gehörte jedoch nicht zu diesen Menschen. Sie war jemand, mit dem er sich entspannen und seine Deckung fallen lassen konnte – wenn er es wollte.

Er studierte ihr kesses Profil.

Ja, einerseits wollte er das, andererseits aber nicht. Es gab keinen Grund dazu, da ihre Verbindung enttäuschend kurz sein würde.

»Ich bin es, der sich entschuldigen muss. Ich fürchte, ich bin nicht besonders gesellig«, sagte er.

»Sie haben sich auf dem Ball Ihrer Stiefmutter gut geschlagen.«

Er warf ihr einen ironischen Blick zu. »Ich hatte genug Übung für diesen speziellen Anlass gehabt – das ist das einzige gesellschaftliche Ereignis, das ich in jedem Jahr besuche, wenn Sie sich erinnern.«

Sie lachte wieder und der Klang strömte in ihn hinein und entzündete etwas Unwillkommenes – *Verlangen*. »Ich erinnere mich und selbst wenn ich es nicht täte, gibt es viele, die mich daran erinnern würden.«

Er kam nicht umhin, sich ihrer Heiterkeit anzuschließen. »Das ist wahr. Es ist ein schrecklicher Zustand.«

Sie passte ihren Griff an seinem Arm an und die Erkenntnis ihrer Nähe schickte einen Schock direkt in seinen Bauch. »Der Umstand, dass die Leute über Sie reden?«

»Es ist mir egal, ob die Leute über mich reden. Wie Sie treffend gesagt haben, bin ich unberührbar. Die meisten anderen jedoch nicht. Ich finde Klatsch und die Neigung eines Großteils der vornehmen Gesellschaft, ihre Nasen in die Angelegenheiten anderer Leute zu stecken, abstoßend.«

Ihr Blick erhielt einen Hauch von Anerkennung. »Sie sind sehr vehement.«

»So wie es jeder vernünftige Mensch sein sollte.«

Sie presste ihre Lippen zusammen und er hatte das Gefühl, dass sie versuchte, nicht zu grinsen. »Dem stimme ich zu.«

Er erlaubte es seinen Lippen, sich zu einem Lächeln zu verziehen. »Natürlich tun Sie das.«

Sie hatte ihre scharfe Intelligenz und ihren köstlichen Witz bereits vor ein paar Tagen unter Beweis gestellt. Sie war, bis dato, anders als jede andere junge Dame, die er getroffen hatte.

Ihre Augen verengten sich auf eine spielerische, fast kokette Art und Weise. »Eure Hoheit, ich glaube, Sie wissen sehr wohl, wie man Konversation betreibt. Sie schmeicheln mir.«

Anscheinend hatte er doch nicht alles vergessen. »Nur aus Versehen.«

»Oh? Sie wollten mir gar nicht schmeicheln?«, fragte sie, eindeutig kokett, ihrem verschmitzten Tonfall nach zu urteilen.

Er konnte nicht anders, als sich für ihre Lebendigkeit zu erwärmen. »Sehen Sie? Ich habe Ihnen gesagt, dass ich darin nicht gut bin. Ich wollte Sie nicht bezirzen. Ich will niemanden bezirzen.« Nicht mehr.

»Und genau das finde ich so … charmant«, murmelte sie, ihre Augen strahlten wie dunkler Bernstein.

Sie hatten den Pfad zum Ort des Picknicks hinter sich gelassen und machten sich nun auf den Weg zu der ihnen zugewiesenen Decke. Dieser Bereich war flach, aber hinter dem Picknickplatz fiel der Rasen sanft zu einem kleinen See hin ab, wo eine Handvoll Boote in Ufernähe schaukelten. Eine Gruppe von Lakaien stand bereit, um den Gästen beim Einsteigen in die Kähne zu helfen.

Nora deutete auf den See. »Oh, da sind Boote!« Ihr unverblümtes Entzücken entlockte ihm ein weiteres Lächeln.

Seine Stiefmutter wandte sich bei Noras Ausruf zu ihnen um. »In der Tat. Wir werden sehen, ob wir Mister Dawson überreden können, dich in einem mitzunehmen.« Sie schenkte ihrem Mündel ein schelmisches Grinsen.

Dawson? Wer zum Teufel war Dawson?

Titus hatte fast vergessen, dass es das Ziel war, Nora eine Saison zu verschaffen, und vor allem die Chance, den Ehemann zu finden, der ihr verwehrt worden war. Er war im

Begriff, ihr anzubieten, selbst mit ihr Boot zu fahren, aber es war besser, wenn sie mit jemand anderem ging. Jemand, den sie heiraten konnte. Er war nicht so jemand. Eine Frau würde in die Einsamkeit eindringen, die er liebte, aber mehr als das, Nora würde ihn nicht wollen – nicht, nachdem er zu ihrer Schande beigetragen hatte.

Seine Stiefmutter sah ihn mit einem zufriedenen Blick an. »Er hat gestern Abend mit Miss Lockhart getanzt. Wie mehrere andere Herren auch. Miss Lockhart wird immer beliebter.«

Nora errötete und begegnete nicht Titus' Blick. »Das kann ich kaum glauben.«

Ein mürrischer Ausdruck legte sich um Titus' Mund, aber er konnte ihn zu einer einfachen Grimasse wandeln. Dann zwang er sich zum Lächeln. Schon wieder. »Wie schön.«

»Sollen wir uns setzen?«, fragte seine Stiefmutter.

Titus zog widerstrebend seinen Arm aus Noras elektrisierender Berührung heraus. »Ich werde nicht bleiben.«

Noras Blick traf auf seinen, ihre Enttäuschung war offensichtlich. »Sie bleiben nicht?«

Seine Stiefmutter warf ihm einen prüfenden Blick zu. »Ich hatte gehofft, dass du länger bleiben könntest.« Ihre Augen verengten sich und er wusste, dass es zu einer Aussprache kommen würde – entweder jetzt oder später.

Sein Stiefvater intervenierte, aber nicht so, wie Titus es sich gewünscht hätte. »Kommen Sie, Miss Lockhart, setzen wir uns.« Er führte sie zur Decke.

Titus' Stiefmutter zog ihn diskret von den Decken und, was noch wichtiger war, von neugierigen Ohren, weg. Offensichtlich sollte die Unterredung jetzt erfolgen. »Kannst du nicht noch eine Weile bleiben?«

»Warum? Du hast diesen Dawson-Kerl schon an der Leine, nicht wahr? Plus eine beliebige Anzahl anderer Gentlemen. Ich habe getan, was ich zugesagt hatte.«

Sie studierte ihn mit einem kleinen Stirnrunzeln. »Du scheinst verärgert zu sein. Hast du ein Problem mit Dawson?«

Zur Hölle. Er kannte den Mann nicht einmal. Er wusste nur, dass der Gedanke daran, dass er Nora umwerben würde, sich wie ein Splitter anfühlte, der unter seinem Daumennagel steckte. »Ich bin sicher, Dawson ist vortrefflich.« Er bemühte sich, nicht mit den Zähnen zu knirschen.

Sie sah ihn mit gespannter Miene an. »Besteht die Möglichkeit, dass du an Miss Lockhart interessiert bist?«

Interessiert. Dieses Wort könnte viele Dinge umfassen. Wollte er mit ihr über etwas so Belangloses wie das Wetter oder die Farbe des Ozeans sprechen? Ja. Wollte er mit ihr tanzen oder sie in einem Ruderboot auf einem kleinen See ausführen? Ja und ja. Wollte er die Hitze ihres Blicks auf sich, die Berührung ihrer Hand, das Drücken ihrer Lippen gegen seine spüren? *Zur Hölle, ja.*

Er sah zu ihr hinüber, sie saß neben seinem Stiefvater auf der Decke. Er konnte fast ihren Fliederduft riechen.

»Nein«, sagte er fest und dachte, dass der begrenzte Klang dieses einzelnen Wortes irgendwie dem Gefühl seiner Hose um seinen geschwollenen Penis entsprach. Es war an der Zeit zu gehen.

Der fragende Blick seiner Stiefmutter deutete darauf hin, dass sie ihm nicht ganz glaubte, aber er wollte den Punkt nicht diskutieren. »Nun, wenn du es wärst, würde ich dein Ansinnen unterstützen.«

Natürlich würde sie das. Es wäre ihr egal, wenn Titus eine Waschfrau oder eine Prinzessin umwerben würde. Sie wollte nur, dass er glücklich ist. Und deshalb liebte er sie.

»Ich gehe jetzt.« Er machte einen Schritt auf den Weg.

»Kommst du später zum Abendessen?«, fragte sie.

Während der Saison aß er normalerweise einmal pro Woche mit ihnen zu Abend. Aber das war, als sie nur zu dritt gewesen waren. Nun gab es Nora, zu der er sich scheinbar wahnsinnig hingezogen fühlte. »Ich weiß nicht. Ich habe ein paar Sachen zu lesen.«

Sie rollte mit den Augen, lächelte aber auch. »Das hast du immer. Ich hoffe, wir sehen uns. Du weißt, dass du immer willkommen bist.«

Er riskierte einen weiteren Blick auf Nora und ihm stockte beinahe der Atem, als er sah, dass sie ihn direkt ansah. Diese neugierigen, wunderschönen Augen wirkten, als könnten sie direkt in seine Seele eindringen, wenn er sie ließe.

Aber das würde er nicht zulassen. Von allen Frauen, die er vielleicht letztendlich in sein Leben lassen konnte, war sie diejenige, die er nicht in Erwägung ziehen durfte. Sie war diejenige, die ihn in Stücke reißen würde, wenn sie jemals die Rolle entdecken würde, die er bei ihrem Untergang gespielt hatte – und das zu Recht.

KAPITEL SIEBEN

*N*ora umklammerte die Seite des kleinen Bootes, als es unsicher taumelte.

Mister Dawson lachte herzlich. »Jetzt habe ich es – glaube ich.« Sie waren bereits zehn Minuten im Boot und er hatte eine Ewigkeit benötigt, bis er herausgefunden hatte, wie man richtig ruderte. Nora hatte Angst, es könnte damit enden, dass sie in dem kleinen See baden gehen würden.

Das Boot balancierte sich aus und Nora lockerte ihren Griff, wenngleich sie eine Hand an der Seite hielt. Warum wusste sie nicht. Es war nicht so, als würde das Festklammern an dem Boot sie vor einem Eintauchen bewahren könnte, wenn sie umkippten. Sie fragte sich, ob Kendal solche Schwierigkeiten gehabt hätte und bezweifelte es sofort. Sein gesamtes Verhalten deutete darauf hin, dass er alles beherrschte, was er tat. Er würde nicht zulassen, dass ein kleines Wasserfahrzeug eine Beeinträchtigung darstellte.

Sie sah zu Mister Dawson hinüber, mit dem sie gestern Abend getanzt hatte. Er war ein netter Kerl, vielleicht fünf Jahre älter als sie. Als Witwer war er auf der Jagd nach einer Frau – und einer Mutter für seine beiden Kinder, die in

Sussex lebten. Er schien ein freundlicher Mann zu sein, der gern lachte und charmant war, mit einem immer einsatzbereiten Lächeln, das seine Eichel-braunen Augen erhellte.

Sein hellbraunes, welliges Haar fiel ihm in die Stirn und er schob es zurück, während er sich damit abmühte, das Boot zurück zum Dock zu drehen. »Ich entschuldige mich, Miss Lockhart. Ich fürchte, ich bin kein großer Sportler. Wenn Sie jedoch ein spannendes Schachspiel oder eine Kartenpartie wünschen, bin ich Ihr Partner.«

Nora arbeitete daran, das Schaukeln des Bootes zu ignorieren. Sie hatte während ihres kurzen Ausflugs schon weitaus mehr gelitten, aber sie würde sich viel besser fühlen, wenn sie wieder an Land waren. »Tatsächlich genieße ich Schach sehr. Mein Vater hat mir das Spielen beigebracht, als ich jünger war.« Bevor er sich in sich selbst zurückgezogen hatte, nachdem ihre Mutter gestorben war.

Mr. Dawson neigte den Kopf. »Ausgezeichnet. Ich freue mich darauf, irgendwann mit Ihnen zu spielen.«

Dass er von einer zukünftigen Aktivität sprach, überraschte Nora. Hieß das, er war daran interessiert, ihr den Hof zu machen? Sie war jämmerlich aus der Übung, wenn es um dieses Spiel ging. Wenn sie jemals gut darin gewesen war. Es stand zu befürchten, dass sie bei der Jagd nach einem Ehemann kläglich scheitern würde.

Sie steuerten geradewegs auf ein anderes Boot zu. Nora umklammerte mit beiden Händen wieder die Seitenwände des Bootes, während sie sich verspannte. »Seien Sie vorsichtig mit dem anderen Boot«, sagte sie und wies damit auf das Offensichtliche hin. Sie wollte jedoch sicher sein, dass Mr. Dawson es wahrnahm.

Er grub das Ruder tiefer ins Wasser, während er daran arbeitete, ihren Kurs zu ändern. »Ja, ich sehe es. Das ist einfach so … schwierig.« Er zog eine Grimasse, während er es kaum schaffte, das Boot umzulenken. Der Mann, der das andere Boot ruderte, hatte schnell reagiert, was wahrscheinlich der Grund war, warum sie eine Kollision vermieden hatten.

Nun kamen die beiden Boote aufeinander zu und brachten sich gegenseitig nur ein wenig zum Schaukeln. Nora hörte, was die Frau in dem anderen Boot zu ihrem Begleiter sagte: »Haben Sie den Verbotenen Herzog gesehen? Lady Faversham sagte, er sei hier, aber ich habe ihn nicht gesehen.«

»Das habe ich auch nicht, ich glaube, sie hat sich geirrt«, antwortete der Herr. »Er geht nicht zu solchen Veranstaltungen.«

»Das ist es, was ich zu ihr gesagt habe. Aber sie war sehr beharrlich.«

Nora sagte kein Wort, da die wachsende Distanz zwischen ihnen sie daran hinderte, noch mehr von ihrem Gespräch zu hören.

Mr. Dawson ließ seine Hände locker, während die Ruder über der Wasseroberfläche schwebten. »Wir nähern uns dem Ufer, endlich.« Er schenkte ihr ein selbstkritisches Lächeln. »Sie müssen sehr erleichtert sein.«

»Werden Sie mich hassen, wenn ich sage, dass ich es bin?«

Er lachte. »Um Himmels willen, nein, ich werde Ihre Ehrlichkeit respektieren.«

Das Boot schlug an das Dock und ein Lakai half ihnen beim Aussteigen.

Sobald Nora sicheren Boden unter den Füßen hatte, entspannte sie sich völlig und schüttelte ihre Schultern ein wenig, damit die Anspannung in ihnen nachließ. Sie wandte sich an Mr. Dawson, der seinen Hut anpasste. »Das ist viel besser«, sagte sie.

»Dem stimme ich zu.« Er bot ihr seinen Arm an und sie gingen zurück zu ihrer Decke. »Ich denke, ich werde von nun an meine Füße auf fester Erde halten. Es sei denn, jemand anderes steuert das Boot.«

»Eine ausgezeichnete Idee.«

Er warf ihr einen kurzen Blick zu. »Ich hoffe, Sie haben sich trotz meiner Ungeschicklichkeit amüsiert.«

»Ich hatte eine schöne Zeit – Sie sind nicht ungeschickt. Sie haben viel besser gerudert, als ich es getan hätte.«

»Nur weil Sie noch keine Übung darin haben.«

»Und Sie sind schon erfahrener dabei?«, fragte sie und sah ihn schief an.

Er lachte. »Nicht wirklich. Möglicherweise *hätten* Sie es besser gemacht.«

Sie kamen bei Noras Decke an und sie dankte ihm nochmals für die Bootsfahrt.

Lady Satterfield legte ihre Hand an den Rand ihrer Hutkrempe, um ihre Augen vor der Sonne zu schützen, während sie zu ihnen aufblickte. »Hatten Sie beide Spaß?«

»Ja, sehr«, sagte Nora, als sie sich neben sie setzte.

Mr. Dawson verbeugte sich. »Bis zum nächsten Mal, Miss Lockhart.« Als er sich aufrichtete und sich umdrehte, erwischte seine Schuhspitze den Rand von Lady Satterfields Teller und drehte ihn um, so dass der Inhalt, einschließlich eines großen Klacks Marmelade auf Noras Rock landete.

Sein Gesicht zeigte Furchen der Verzweiflung. »Oh nein! Ich bin so schrecklich ungeschickt. Ich entschuldige mich aufrichtig.«

Lady Satterfield tupfte Noras Rock mit einer Serviette ab. »Du solltest etwas Wasser darauf geben.«

Noras Kleid, wie ihre gesamte Garderobe, war neu. Sie wollte nicht daran denken, dass es ruiniert sein könnte, nicht nach den Mühen und Ausgaben, die Lady Satterfield auf sich genommen hatte. Sie wollte auch nicht, dass sich Mr. Dawson schlecht fühlte. Sie lächelte ihn freundlich an. »Es ist schon in Ordnung. Missgeschicke passieren ständig. Ich habe einmal ein ganzes Glas Ratafia auf der Vorderseite meines Gewandes verschüttet.« Während ihrer ersten Saison. Es hatte das Ballkleid ruiniert, sehr zum Entsetzen ihrer Cousine. »Ich mache nur einen kurzen Ausflug in das Badezimmer.«

Mr. Dawson bot seine Hand an, um ihr beim Aufstehen behilflich zu sein.

»Ich komme mit dir, meine Liebe«, sagte Lady Satterfield und Mr. Dawson half auch ihr beim Aufstehen.

»Ich hoffe, dass Sie hiernach nicht schlecht von mir denken«, sagte Mr. Dawson aufrichtig.

Nora lächelte ihn an. »Selbstredend nicht.«

Er machte eine weitere Verbeugung – diesmal, ohne Schaden anzurichten – und nahm Abschied. Nora ging mit Lady Satterfield in Richtung des Hauses.

»Ich wage zu behaupten, dass er bald um dich werben wird«, sagte Lady Satterfield, als sie außer Hörweite der anderen Picknick-Gäste waren.

»Wir kennen uns kaum.« Aus irgendeinem Grund dachte Nora an Kendal. Auch ihn kannte sie kaum und doch beschäftigte er so viele ihrer Gedanken. Sie wünschte, er hätte das Picknick nicht verlassen.

Lady Satterfield begann die kurze Treppe zur hinteren Terrasse hinaufzusteigen. »Ich habe schon einiges an Erfahrung und ich würde sagen, Dawson ist definitiv an dir interessiert. Er hat gestern Abend mit dir getanzt und dich heute aufgesucht. Das zeugt von Interesse.«

Wieder beschwor Noras Verstand Kendals Bild herauf. Er hatte *auch* mit Nora getanzt und er hatte sie heute auch aufgesucht. Vielleicht war letzteres nicht ganz richtig – sie hatte keine Beweise dafür, dass er zum Picknick gekommen war, um sie zu sehen. Wirklich, das wäre absurd. Aber warum war er gekommen, besonders wenn es allgemein bekannt war, dass er das generell nicht tat?

Warum gingen ihre Gedanken immer wieder zu Kendal zurück? War es, weil er der Erste war, der ihr Aufmerksamkeit geschenkt hatte oder weil er … Kendal war?

Was bedeutete das überhaupt?

Das bedeutete, dass er außergewöhnlich war. Definitiv. Der Verbotene Herzog. Ob er zum Picknick gekommen war, um sie zu sehen oder nicht, er hatte ihr besondere Aufmerksamkeit geschenkt – nicht nur einmal, sondern zweimal. Die Erkenntnis schickte ihr einen köstlichen Schauer über den Rücken. Ihr war, als hätten sie auf Lady Satterfields Ball eine gewisse Verbindung gehabt, wahrscheinlich wegen der Art, wie er sie beim Tee von Lady Satterfield angesehen hatte – als ob er sie kennenlernen wollte.

Du benimmst dich gänzlich lächerlich.

Nur weil er ihr Herz höherschlagen ließ und er bei ein paar Gelegenheiten nett zu ihr war, bedeutete das nicht, dass er mehr wollte als eine Bekanntschaft. Er war der Verbotene Herzog – er war an niemandem interessiert. Er schenkte ihr wahrscheinlich nur Aufmerksamkeit, weil Lady Satterfield sie unter ihre Fittiche genommen hatte.

»Interessierst du dich für Mister Dawson?« Lady Satterfields Nachfrage riss Nora aus ihren Fantastereien. »Er ist nicht reich, aber ich glaube, er ist wohlhabend. Aber er hat Kinder, also müsstest du sofort in die Mutterrolle schlüpfen.« Ihre Gesichtszüge wurden weicher. »Ich selbst habe das auch getan – und es war wunderbar.«

Mit Kendal. Sie war seine Mutter geworden, als sie seinen verwitweten Vater geheiratet hatte. So viel hatte Nora in den Tagen gelernt, seit sie in Lady Satterfields Stadthaus gezogen war.

Nora dachte nicht nach, bevor sie den nächsten

Gedanken aussprach, der ihr in den Sinn kam. »Ich habe auf dem See jemanden über Kendal sprechen hören.« Sie warf Lady Satterfield einen besorgten Blick zu. Sie wollte nicht tratschen, besonders nicht über den eigenen Sohn der Frau. Oh, sie war mehr als nur aus der Übung. Sie war ein hoffnungsloser Fall. »Ich entschuldige mich. Ich sollte so etwas nicht wiedergeben.«

Lady Satterfield lachte. »Es ist schwer, das Gerede über meinen Stiefsohn zu ignorieren. Besonders bei einer Veranstaltung wie dieser.«

Sie erreichten die Tür zum Haus und Nora folgte Lady Satterfield in den Salon. »Sollte er nicht an einem Picknick teilnehmen können, ohne dass seine Motive hinterfragt werden?«

Lady Satterfield hob eine Schulter an. »Das ist London, meine Liebe. Ein unverheirateter Herzog kann nichts tun, ohne hinterfragt zu werden.«

»Lady Satterfield!« Eine ältere Frau kam auf sie zu. »Ich muss mit Ihnen sprechen. Stimmt es, dass Kendal vorhin hier zugegen war? Ist er letztendlich auf der Suche nach einer Ehefrau?«

Lady Satterfield wandte sich an Nora. »Brauchst du Hilfe im Badezimmer? Es ist gleich da vorne den Flur entlang.« Sie deutete auf eine Tür.

»Nein, ich werde zurechtkommen.« Sie unterdrückte ein Lächeln. »Ich überlasse es Ihnen, sich um … das zu kümmern.«

Lady Satterfields Augen funkelten vor Freude, während sie flüsterte: »Das könnte amüsant werden.«

Nora hatte keine Ahnung, was Lady Satterfield sagen oder tun wollte, um diese Begegnung ›amüsant‹ zu machen, aber sie konnte sich gut vorstellen, später alles darüber zu erfahren. Mit Leichtigkeit fand sie das Badezimmer und kümmerte sich um den Fleck auf ihrem Rock. Der Umriss des Flecks war noch immer vorhanden, aber wenn er nach ihrer Rückkehr nach Hause die entsprechende Behandlung erfahren würde, wäre ihr Kleid noch zu retten.

Sie befand sich in einem ihr unbekannten Raum und erkannte, dass sie nach dem Verlassen des Badezimmers den falschen Weg genommen hatte. Sie drehte sich auf ihrer Ferse um und war im Begriff, zurückzugehen, als ihr Herz bis in den Hals zu schlagen begann. Im Türrahmen stand Lord Haywood, die allerletzte Person, die sie sehen und, der sie schon überhaupt nicht alleine gegenüberstehen wollte.

Er war so groß, wie sie sich erinnerte, aber er war ein wenig fülliger geworden, so dass er nicht so athletisch wirkte, wie in ihrer Erinnerung. Und sein blondes Haar wurde dünner. Aber seine Kobaltaugen waren so lebhaft und verführerisch wie einst. Diese Augen hatten sie verführt, zusammen mit dem Lächeln, das gerade seine dünnen Lippen verzog.

Hatte sie ihn wirklich einmal verheerend attraktiv gefunden? Jetzt schien er ihr völlig unzureichend zu sein, besonders im Vergleich mit Kendal, dem Mann, der irgendwie Noras Messstab für alle anderen Männer geworden war.

Die Spannung, die sie auf dem See gespürt hatte, kehrte zehnfach zurück, als sie nach einem anderen Weg aus dem kleinen Wohnzimmer suchte. Es gab noch eine weitere Tür, aber sie hatte keine Ahnung, wohin sie führte. Soweit sie vermutete, war es ein begehbarer Wandschrank und sie würde noch mehr gefangen sein, als sie es bereits war.

»Miss Lockhart?« Seine tiefe Stimme erschütterte ihre bereits zum Zerreißen gespannten Nerven. »Ich hatte gehört, dass Sie wieder in der Stadt sind. Ich bin so froh, dass wir uns getroffen haben.« Er kam durch den Raum zu ihr und machte so die Tür zugänglich – vorausgesetzt, sie könnte um ihn herumkommen.

Sie wusste, dass sie höflich sein sollte, vielleicht sollte sie sich so verhalten, als würde sie ihn nicht einmal kennen. Aber der Schmerz und die Ungerechtigkeit von neun Jahren erfassten sie. »Ich würde es vorziehen, wenn Sie nie wieder mit mir sprechen würden.« Sie zwang sich, sich zu bewegen und machte sich daran, an ihm vorbeizulaufen.

Er ergriff ihren Ellenbogen und zog sie ganz zu sich heran. Er drehte sich um seine Achse, ohne sie loszulassen. »Es gibt keinen Grund, unhöflich zu sein. Ich wollte Ihnen nur sagen, wie schön Sie aussehen. Es scheint, das Landleben bekommt Ihnen gut.«

»Meinten Sie nicht die Verbannung?«, schnappte sie. Sie befreite ihren Arm und machte einen großen Schritt weg von ihm. »Ich habe Ihnen nichts zu sagen. Niemals wieder.«

»Schade, denn ich hatte gehofft, wir könnten unsere Bekanntschaft wiederaufleben lassen.« Er blickte sie auf eine Weise an, die keinen Zweifel daran ließ, was er mit ›Bekanntschaft‹ meinte.

Sie starrte ihn ungläubig an. »Sie sind ekelhaft. Und verheiratet. Ich sollte es Ihrer Frau erzählen.«

Er lachte. »Ihr was sagen? Dass Sie mich wieder in einem Wohnzimmer in die Enge getrieben haben? Ich nehme an, das wird ebenso von Erfolg gekrönt sein, wie das erste Mal.«

»Fahren Sie zur Hölle.« Nora widerstand dem Drang, ihm in sein selbstgefälliges Gesicht zu schlagen, bevor sie herumwirbelte und aus dem Raum stolzierte.

Sie machte sich eilig auf den Weg zurück zu Lady Satterfield und passierte das Badezimmer, gerade in dem Augenblick, als sich die Tür öffnete, Lady Abercrombie herauskam und beinahe von Nora umgestoßen wurde.

Lady Abercrombie trat von ihr zurück und streichelte ihren Arm an der Stelle, wo sie zusammengeprallt waren. »Meine Güte, Sie haben es aber eilig.«

Nora wagte es nicht, hinter sich zu schauen. Wenn

Haywood im Flur war und Lady Abercrombie sah, wie sie von ihm wegstürmte ... Aber, wie konnte das etwas Schlimmes sein?

Weil das hier London war und das war Lady Abercrombie. Sie würde es zu etwas Schlimmem machen.

Nora rieb sich eine Hand über den eigenen Ellbogen, wo sie auf Lady Abercrombie getroffen war. Es war eine Schande, dass sie die andere Frau nicht umgeworfen hatte. »Bitte entschuldigen Sie mich.«

Sie bemühte sich, gemächlicher in den Salon zu gehen, aber ihr Blut rauschte in ihren Ohren, und es fühlte sich an, als ob sie doch aus dem Boot gestürzt wäre und darum kämpfte, die Oberfläche des Wassers zu durchbrechen.

Lady Satterfield wartete im Salon auf sie und war zum Glück allein. Als sie Nora sah, bildete sich eine kleine Falte zwischen ihren Augenbrauen. »Stimmt etwas nicht? Dein Gesicht ist gerötet.«

Nora zuckte zusammen. Sie ging näher an die Gräfin heran und sprach leise: »Ich fürchte, ich bin falsch abgebogen, als ich das Badezimmer verließ und bin auf Lord Haywood getroffen.«

Lady Satterfields Gesichtsausdruck vertiefte sich zu einem Stirnrunzeln. »Ich verstehe. Ist etwas passiert?« Auch sie sprach mit gedämpfter Stimme.

Oh nein, dachte Lady Satterfield, Nora hätte den gleichen Fehler wiederholt?

Das Gesicht der Gräfin wurde weicher. »Nicht das, meine Liebe. Ich meinte, hat er irgendwelche unangemessenen Annäherungen gemacht?«

»Nur verbal. Ich sagte ihm, er solle nie wieder mit mir sprechen.«

Lady Satterfield lachte, was Nora beruhigte. »Gut gemacht. Ich wünschte, ich hätte es gesehen.« Sie verband ihren Arm mit dem von Nora und sie verließen das Haus. »In diesem Zusammenhang, hat dich jemand gesehen?«

»Nicht mit ihm, aber ich traf Lady Abercrombie auf dem Rückweg. Wenn sie Lord Haywood gesehen haben sollte …« Nora konnte sich nicht dazu durchringen, ihre Angst mit Worten auszudrücken.

Lady Satterfield tätschelte Noras Unterarm. »Kümmere dich nicht darum. Sie konnte nichts sehen. Alles, was sie erzählen könnte, wäre eine Anspielung.«

»Aber das reicht, um jemanden zu ruinieren, nicht wahr?«

»Es kann … von Schaden sein, aber ich werde dafür sorgen, dass es nicht dazu kommt.«

Nora schickte ihr einen ungläubigen Blick zu, als sie wieder hinunter auf den Rasen gingen. »Wie wollen Sie dieses Wunder schaffen?«

Die Gräfin lächelte. »Überlass das mir, meine Liebe. Man lebt keine drei Jahrzehnte in der vornehmen Gesellschaft, ohne zu lernen, wie man überlebt und wie man diejenigen schützt, die einem wichtig sind.«

Noras Herz schwoll an. Für einen kurzen Moment fühlte es sich fast so an, als hätte sie wieder eine Mutter.

Und diese Empfindung genügte, um die Besorgnis zu vertreiben, die Haywood in ihr verursacht hatte.

Fürs Erste.

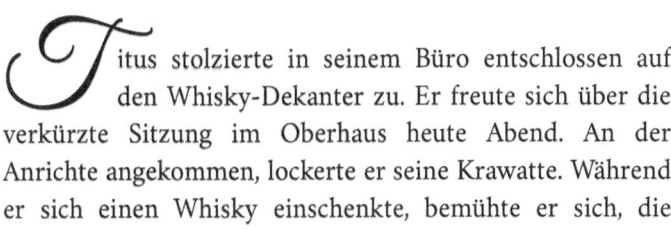

Titus stolzierte in seinem Büro entschlossen auf den Whisky-Dekanter zu. Er freute sich über die verkürzte Sitzung im Oberhaus heute Abend. An der Anrichte angekommen, lockerte er seine Krawatte. Während er sich einen Whisky einschenkte, bemühte er sich, die

Geschäfte des Abends aus dem Kopf zu bekommen – er war es leid, über die Ludditen zu diskutieren.

Stattdessen konzentrierte er sich lieber auf den angenehmen Nachmittag, den er in Brexham Hall verbracht hatte. Er hatte seinen kurzen Spaziergang mit Nora mehr genossen, als er zugeben mochte.

Er wünschte, er hätte seine Teilnahme an der verdammten Sitzung abgesagt und wäre geblieben, um sie in einem der Boote hinauszufahren. Stattdessen war sie wahrscheinlich mit Dawson gerudert, einem Gentleman, den Titus nicht einmal kannte, aber bei dem er den Wunsch verspürte, ihn aus ihrer Präsenz zu entfernen.

Wirklich? Wollte er ihr genau das verweigern, was sie zu gewinnen versuchte? Sie wollte einen Mann. Sie verdiente einen Ehemann. Oder zumindest Glück. Und wenn sie selbiges mit einem Ehemann erlangen konnte, dann verdiente sie das.

»Eure Hoheit?« Abbott, der Butler, der schon zu Lebzeiten von Titus' Vater diesem Stadthaus vorgestanden hatte, stand an der Schwelle. »Es liegt ein Brief von Lady Satterfield auf Eurem Schreibtisch. Er kam, während Ihr außer Haus wart.«

Titus trank einen Schluck seines Whiskys, während er ging und die Nachricht von seiner Stiefmutter fand. Er stellte das Glas ab, um den Umschlag zu öffnen. Sofort sprenkelte kalter Schweiß sein Genick.

Kendal,

Ich befürchte, dass sich ein Gerücht über Miss Lockhart verbreiten wird. Sie wurde gesehen, wie sie heute Nachmittag ein privates Zusammentreffen mit Lord Haywood verließ. Es war ein zufälliges Treffen, von dem niemand Zeuge wurde, aber die Frau, die sie unmittelbar danach gesehen hat – diese verabscheuungswürdige Lady Abercrombie – scheint entschlossen, Nora zu verun-

glimpfen. Ich werde mein Bestes tun, um jeden Klatsch zu unterdrücken, und würde mich über jede Hilfe freuen, die du anbieten kannst.

Lady S

Zorn erhitzte sein Blut und schickte ein Zittern durch seine Hände. Er zerknüllte das Papier und ließ es auf seinen Schreibtisch fallen. »Abbott«, bellte er.

»Ja, Eure Hoheit?«

»Lass meine Kutsche zurückbringen – ich gehe in den Club.« Er wollte Haywood finden und sicherstellen, dass der Schuft nie wieder auch nur in einem Umkreis von fünfzig Schritten an Nora herankam.

»Ja, Eure Hoheit.« Abbot stellte Titus' abrupte Änderung seiner Pläne für den Abend nicht in Frage, was ein wenig überraschend war. Titus erinnerte sich nicht daran, wann er das letzte Mal irgendetwas Spontanes getan hatte.

Aber das war notwendig. Er nahm seinen Whisky auf und trank ihn mit einem kräftigen Schluck aus. Der Alkohol wärmte seinen Bauch und schürte die Wut, die der lüsterne Haywood hervorgerufen hatte.

Knapp zwanzig Minuten später erreichte Titus Brooks's und ging sofort in den Aufenthaltsraum, wo eine ganze Reihe von Londoner Herren spielten und tranken. Er suchte die Tische nach Haywood ab und entdeckte ihn in der Nähe der Ecke, wo er Whist spielte.

Entschlossen schritt er zu seinem ehemaligen Kumpanen und war sich bewusst, dass ihm Dutzende von Augenpaaren folgten. Als er am Tisch ankam, blickten die Anwesenden gemeinsam zu ihm auf, aber er bemerkte dies nur im Augenwinkel – sein Hauptaugenmerk lag auf dem Taugenichts, der es gewagt hatte, Miss Lockhart ein zweites Mal zu beleidigen. »Steh auf, Haywood.« Er hielt seine Stimme gedämpft und scherte sich nicht darum, dass eine dunkle Bedrohung damit einherging. Tatsächlich *gefiel* ihm das.

Haywoods Augen weiteten sich und er berührte kurz seine Brust und sah leicht beleidigt aus. »Ich bin mitten in einem Spiel.«

»Es wäre mir egal, wenn du gerade dabei wärst, das Abort zu benutzen. *Steh auf.*«

Haywoods Stirn runzelte sich. »Wirklich, Kendal, ich muss dich bitten, zu warten.«

»Das geht schon in Ordnung«, sagte der Gentleman zu Haywoods Linken. »Wir pausieren das Spiel.«

Haywood sah seine Tischgenossen an. »Wenn ihr euch sicher seid, dass es euch nichts ausmacht.«

Titus' Geduld schwand, bis sie fast ganz verflogen war. Er war im Begriff, den Mann von seinem Stuhl zu ziehen, als dieser schließlich aufstand.

»Komm.« Titus stieß den Befehl aus und gestikulierte, dass Haywood ihm folgen sollte. Er führte den Burschen in sein Privatgemach.

»Was zum Teufel ist hier los?«, fragte Haywood, als sie die Treppe hinaufstiegen. »Du hast seit fast einem Jahrzehnt nicht mehr mit mir gesprochen und jetzt unterbrichst du ein perfektes Spiel beim Whist. Ich hoffe, du hast meine Glückssträhne nicht verdorben.«

Titus wartete mit der Antwort, bis sie in seinem privaten Bereich waren. Ein Lakai öffnete die Tür und schloss sie hinter Haywood. Es bedurfte jeglicher Beherrschung seitens Titus, um seine Faust nicht in das rosige Gesicht des Mannes zu schlagen.

»Ich habe seit einem Jahrzehnt nicht mehr mit dir gesprochen, weil ich keinen Grund dazu hatte. Aber jetzt habe ich einen Grund und du wirst dir jedes Wort, das ich sage, anhören. Du wirst leugnen, dass du heute mit Miss Lockhart zusammengetroffen bist.«

Haywood wirkte völlig verwirrt. »Ich habe bereits gesagt, dass ich sie getroffen habe.«

Titus' rechte Hand rollte sich zu einer Faust zusammen. Wie sehr es ihn danach verlangte, den Mann zu schlagen. »Sag, dass du dich geirrt hast. Außerdem wirst du nicht noch einmal mit Miss Lockhart sprechen. Nicht von Miss Lockhart sprechen. Du darfst nicht näher als fünfzig Schritte an Miss Lockhart herankommen. Tatsächlich darfst du Miss Lockhart nicht einmal ansehen. Habe ich mich klar ausgedrückt?«

Mit jeder Anweisung hatte sich Haywoods Mund ein wenig weiter geöffnet, bis sein Kiefer völlig erschlafft war. So stand er da und starrte Titus für einen Moment an. Er schloss seinen Mund und tat das Dümmste – nein, das *Dämlichste* – was er hätte tun können. Er *lachte*. »Ich muss doch bitten. Ist das eine Art Witz?«

Titus machte einen Schritt auf ihn zu. »*Du* bist der einzige Witz in diesem Raum.«

Haywood wurde ernst. »Es gibt keinen Grund, unhöflich zu sein. Warum interessiert es dich, ob ich mit Miss Lockhart spreche?«

»Weil du schon einmal ihre Chancen auf ein anständiges, glückliches Leben ruiniert hast und ich werde dir nicht erlauben, es noch einmal zu tun.«

»Wer bist du? Ihr Vater?« Er lachte wieder, aber diesmal humorlos. »Das ist schon merkwürdig. Du warst mal der übelste Lüstling der Stadt.«

»*Das war einmal.* Wir sind schon längst darüber hinaus, nicht wahr, Haywood?« Er machte einen weiteren Schritt auf ihn zu. »Oder benimmst du dich immer noch wie ein Junge, der seinen Schwanz nicht in der Hose halten kann?«

Haywoods Augen verengten sich. »Du gehst zu weit.«

Er machte einen weiteren Schritt nach vorne. »Ich bin mir nicht sicher, ob ich schon weit genug gegangen bin.

Wenn du auch nur an Miss Lockhart *denkst*, geschweige denn, dich ihr näherst, wird es dir leidtun.«

Etwas blitzte in Haywoods Blick auf – Respekt vor Titus' Wut, vielleicht. »Ich habe sowieso keinen Grund, jemals wieder mit ihr zu sprechen. Sie hat mit mir angebändelt – einem verheirateten Mann.« Er schüttelte den Kopf. »Sie ist immer noch die Schlampe, die sie vor all den Jahren war.«

Titus dachte nicht nach. Er handelte nur. Seine Faust schnellte in Haywoods halbes Grinsen und ließ den Kopf des Verkommenen nach hinten knallen.

»Mein Gott!« Haywoods Hand fuhr zu seinem Mund, während seine Zunge herausschoss, um das Blut von seiner aufgeplatzten Lippe abzulecken.

»Ich glaube, ich habe dir gesagt, du sollst nicht von ihr sprechen, und doch hast du es getan. Mach es noch einmal und du wirst dir einen weiteren Schlag einfangen.«

Dies schien schließlich in Haywoods erbsengroßen Gehirn anzukommen. Er erbleichte, als er einen weiteren Tropfen Blut von seiner Lippe leckte. Er nickte langsam, seine Augen erwiderten nicht Titus' Blick.

Titus bewegte sich an ihm vorbei, rammte mit seiner Schulter gegen Haywoods Bizeps und brachte ihn aus dem Gleichgewicht. Er öffnete die Tür und wandte sich an den Lakaien im Flur. »Bitte lass diesen Müll aus meiner Kammer entfernen.«

Titus blickte nicht zurück, als er sich auf den Weg nach unten machte. Energie pulsierte immer noch durch ihn hindurch, als hätte er sein Pferd in einem halsbrecherischen Tempo über sein Anwesen getrieben, aber es machte sich auch Genugtuung breit. Und das war ein verdammt besseres Gefühl als die Empörung, die er vorhin empfunden hatte.

Als er den Aufenthaltsraum erreichte, war er sich des Stimmengewirrs bewusst, das schneller als sonst erstarb, und auch der Blicke, die direkt durch seinen Rock zu brennen schienen. Er hatte ein wenig Aufsehen erregt, indem er sich Haywood direkt genähert und ihn nach oben gebracht hatte. Er konnte sich nur vorstellen, was sie sagen würden, wenn sie erfuhren, dass er Haywood geschlagen hatte. Aber Haywood würde ihnen das nicht sagen. Er war eitel und selbstgefällig genug, um eine Geschichte zu erfinden, die seine aufgeplatzte Lippe erklärte. Dennoch würden die Männer ihre eigenen Schlüsse ziehen.

Titus schüttelte seine Gereiztheit ab. Die Leute würden *immer* ihre eigenen Schlüsse ziehen. Und es gab nichts, was er dagegen tun konnte, außer sie einzuschüchtern, was er auch nicht wollte. Anstatt seine Aufmerksamkeit nach vorne zu richten und jeden zu ignorieren, wie er es typischerweise tat, verteilte er ein paar gezielte Blicke und teilte so stillschweigend mit, dass sie sich alle um ihre eigenen Angelegenheiten kümmern sollten. Würden sie das tun? Wie viel Einfluss hatte der Verbotene Herzog wirklich?

Ihm war es scheißegal, was einer von ihnen dachte. Ihm war es jedoch wichtig, was sie von Nora hielten. Sie hatte nicht verdient, was vor neun Jahren mit ihr passiert war und sie verdiente es nicht, dass sich alles wiederholte. Und sie hatte insbesondere nicht verdient, dass Haywood ihr noch mehr Kummer bereitete.

Wenigstens würde das aufhören. Titus war sich sicher, dass er Haywood erfolgreich davon abgehalten hatte, sie erneut zu belästigen. Sobald er nach Hause käme, würde er seiner Stiefmutter eine Nachricht schreiben und sie dieser Tatsache versichern.

Dann sollte er seine Mätresse besuchen. Er war seit dieser ersten Nacht immer noch nicht bei ihr gewesen. Er würde viel lieber Nora besuchen und sicherstellen, dass es ihr nach ihrer Begegnung mit Haywood gut geht, aber auch das würde er nicht tun. Nein, er würde tun, was er jeden Abend in der letzten Woche getan hatte – er würde allein

heimkehren und von einer rotbraunen Schönheit mit bezaubernden, braunen Augen träumen.

Er musste akzeptieren, dass er sich viel mehr für Nora
interessierte, als er es sollte. Das änderte jedoch nichts. Er
war nicht auf der Suche nach einer Ehefrau und wenn er es
wäre, würde sie ihn verachten, sobald sie die Wahrheit über
die Vergangenheit erfuhr. Es war an der Zeit, dass er diese
unpassende Verlockung aufgab.

KAPITEL ACHT

*A*ls Nora am nächsten Abend zum Abendessen nach unten kam, hielt sie kurz in der Tür inne. Kendal stand neben dem Tisch und sprach mit Lord Satterfield. Mit seinem tadellosen dunkelblauen Rock und seinen Pantalons, die die absolute Neuheit in Sachen Herrenbekleidung sein mussten, sah er sehr gut aus. Die Pantalons umschmeichelten seine Oberschenkel und präsentierten ein außergewöhnliches Porträt eines muskulösen Gentlemans.

»Kendal, du bist zum Abendessen gekommen!«, rief Lady Satterfield direkt hinter Nora.

Beide Männer drehten sich um, um auf die Türöffnung zu schauen, und Nora kämpfte darum, aufsteigende Röte davon abzuhalten, ihre Wangen zu beflecken. Sie konnten nicht ahnen, dass sie dort gestanden und auf Kendal gestarrt hatte. Lady Satterfield hingegen könnte sie sehr wohl auf frischer Tat ertappt haben.

Nora ging zusammen mit Lady Satterfield, die zu ihrem Stiefsohn lief, in das Esszimmer. Zur Begrüßung küsste Kendal ihre Wange. »Ich hoffe, es ist kein Problem, dass ich gekommen bin.«

»Keineswegs. Ich sehe, dass dein Platz bereits gedeckt wurde«, sagte sie. »Lasst uns Platz nehmen. Harley sieht aus, als wäre er bereit zu servieren.«

Satterfield saß immer am Kopf, mit seiner Frau zu seiner Rechten und Nora zu seiner Linken. Heute Abend gab es zwei Plätze auf der linken Seite, was bedeutete, dass sie neben Kendal sitzen würde.

Während Satterfield den Stuhl seiner Frau hielt, erwies Kendal Nora den gleichen Dienst.

»Danke«, murmelte sie und fühlte sich unerklärlich nervös.

Der erste Gang, bestehend aus Suppe, gekochtem Rindfleisch und Karotten, wurde serviert und Wein eingeschenkt. Seit ihrer Ankunft im Hause der Satterfields war Nora von der Vielfalt der Speisen überwältigt, gewöhnte sich aber langsam daran. Es war nicht so, dass sie und ihr Vater Hunger gelitten hätten, aber sie hatten ein sehr einfaches Leben geführt.

»Das Wetter war außergewöhnlich gut«, sagte Satterfield. »Bist du heute geritten, Kendal?«

»Das bin ich.« Er sah Nora an. »Reiten Sie?«

»Nicht gut. Meine Cousins – sie protegierten meine erste Saison – haben es mir nähergebracht, aber ich habe den Reitsport leider nie gemeistert.«

»Das sollten wir ändern«, sagte Lady Satterfield. »Ich kann mir dich mit einem raffinierten Reithut vorstellen. Wir müssen auch ein Reitkostüm kaufen.«

Kendal lachte, als er seiner Stiefmutter einen Blick zuwarf. »Und was ist mit dem Pferd? Sie wird eines benötigen, um zu reiten.«

»Wir haben ein Pferd.« Sie sah ihren Mann an. »Nicht wahr, mein Lieber?«

»Keines, das für Nora geeignet ist. Aber ich bin mir

sicher, dass Kendal ein geeignetes Reittier hat.« Er warf einen fragenden Blick auf den Herzog.

Bevor Kendal antworten konnte, warf Lady Satterfield ein: »Ich erinnere mich gerade daran, dass Misses Gilchrist uns eingeladen hat, auf ihrem Anwesen außerhalb der Stadt zu reiten.« Sie sah Nora an. »Würdest du dich dabei wohlfühlen?«

Nora hatte Mrs. Gilchrist und ihren Sohn Mr. Barnaby Gilchrist gestern beim Picknick getroffen. Sie war mit Mr. Gilchrist spazieren gegangen und er hatte hauptsächlich von Pferden gesprochen. Und Fischen. Sie hatte ihre Zeit mit Mr. Dawson mehr genossen. Aber keiner der beiden konnte es mit Kendal aufnehmen.

Sie warf einen kurzen Blick in seine Richtung. Sein dunkles Haar in seinem Nacken berührte die Oberseite des weißen Kragens. Der Kontrast war auffallend, vor allem im Vergleich zum warmen Bronzeton seiner Haut. Er war glattrasiert, aber sie konnte den dunklen Schatten erkennen, der über seinen Kiefer zu kriechen begann. Sie sah schnell weg, damit er sie nicht ertappte.

»Nora?«

Lady Satterfields Nachfrage erinnerte sie daran, dass sie vergessen hatte zu antworten. »Ich denke, ich würde es vorziehen, mit dem Reiten in der Öffentlichkeit zu warten, bis ich zumindest ein paar Ausritte zur Übung gemeistert habe.«

»Kendal, lass uns wissen, wann du sie mitnehmen kannst«, sagte Lady Satterfield.

Der Herzog sah Nora an und die Wirkung seines Blicks ließ ihre Zehen kribbeln. Du liebe Güte, sie war so von Sehnsucht erfasst wie in ihrer Jugend. Hatte sie nichts gelernt? Entschlossen, die Anziehungskraft, die der Herzog auf sie ausübte, zu ignorieren, konzentrierte sie sich auf ihr Essen und versuchte, an Mr. Dawson zu denken, dem es wahrscheinlich egal wäre, ob sie reiten könnte oder nicht.

»Kendal, wie steht es um deine Ställe im Lakemoor?«, fragte Satterfield. »Wir haben es im vergangenen Herbst nicht zu einem Besuch geschafft. Ich werde es in diesem Jahr zu einer Priorität machen. Du hast eine ziemliche Jagd abgeliefert.«

Nora schaute zu ihm hinüber. Hatte er eine Jagdgesellschaft organisiert? Sie war überrascht – angesichts seines Rufs. Sie dachte nicht, dass er überhaupt in einer Weise gesellig war.

»Es war nur ein kleines Ereignis, wenn du dich erinnerst.«

»Ja, aber das gefällt mir. So viele Jagdgesellschaften haben nur wenig mit der Jagd zu tun.« Satterfield kicherte. »Wie es zumindest scheint.«

»Das liegt daran, dass Kendal nur einheimische Gentlemen und dich einlädt, mein Lieber«, sagte Lady Satterfield. »Es ist mitnichten eine richtige Hausfeier.« Sie sah ihren Stiefsohn mit leicht gekräuselten Lippen an, sagte aber nichts weiter.

»Es *ist keine* Hausfeier.« Kendals Ton war leicht, enthielt aber eine Spur von stählerner Härte.

Nora hatte das Gefühl, dass Lady Satterfield nicht zufrieden war mit Kendals mangelnder sozialer Aktivität.

Lady Satterfield seufzte. »Ja, ja, ich weiß.« Sie trank ihren Wein und schenkte ihrem Stiefsohn dann ein warmes Lächeln. »Was immer dich glücklich macht, mein Lieber.«

Machte ihn das glücklich? Für sich zu sein? Bevorzugte er die Einsamkeit? Nora unterdrückte ein Schaudern bei dem Gedanken, dass sie neun Jahre in diesem Zustand verbracht hatte. Während sie die vornehme Gesellschaft zumeist als eine Herausforderung empfand, konnte sie sich nicht vorstellen, in ein Leben in Abgeschiedenheit zurückzukehren und hoffte, dass sie es nicht würde tun müssen.

Das Gespräch drehte sich um eine Vielzahl von Themen – von Kendals Arbeit im Oberhaus über Noras Familie bis hin zum Theater. Es war einer der angenehmsten Abende, die Nora je verbracht hatte, und am Ende des letzten Ganges hatte sie sich in der Anwesenheit des Herzogs tatsächlich entspannt. Vielleicht war er doch nicht so unberührbar. Zumindest nicht innerhalb seines engsten Familienkreises – nicht, dass sie glaubte dazuzugehören, aber im Augenblick könnte sie diese familiäre Atmosphäre genießen.

»Es ist ein schöner Abend«, sagte Lady Satterfield, als sie ihre Serviette auf den Tisch legte. »Kendal, warum gehst du nicht mit Nora auf einen Spaziergang in den Garten?«

Noras Herzschlag beschleunigte sich. Dahin war die Entspannung, die sie gerade erst gefunden hatte.

Aber warum? Es war ein Spaziergang, nichts weiter – in einem sehr kleinen ummauerten Garten. Und vielleicht wollte er nicht einmal gehen.

»Gewiss.« Kendal stand auf und half Nora von ihrem Stuhl auf.

Anscheinend wollte er gehen. Oder er war nur höflich.

Lord Satterfield unterstützte Lady Satterfield. »Ich gehe für eine Weile in meinen Club.« Er drückte einen Kuss auf die Wange seiner Frau.

Sie lehnte sich mit einem warmen Lächeln nah heran, bevor sie zu Nora und Kendal blickte. »Und ich werde einfach in meinem Wohnzimmer sein und einige Korrespondenz beantworten. Ich glaube nicht, dass ich euch für einen so kurzen Ausflug begleiten muss.«

Sie alle gingen ihre eigenen Wege – Lord und Lady Satterfield verließen das Esszimmer in Richtung des Hauptganges und Kendal und Nora gingen in das hintere Wohnzimmer, das als Bibliothek und allgemeiner Aufenthaltsraum für die Familie diente. Kendal bot Nora seinen Arm an und führte sie in den gemütlichen Raum, in dem sie mehrere Abende lang in Büchern aus der ausgezeichneten Sammlung der Satterfields gelesen hatte.

Die Bibliothek war ein großer Raum, aber heute Abend erschien sie ihr etwas kleiner. Nora war sich allzu bewusst, dass Kendals Präsenz jeden Winkel und jede Ritze zu durchdringen schien und diese Tatsache überwältigte sie beinahe. Und auch ihre Nervosität.

Sie beeilte sich, etwas zu sagen, um sich zu entspannen. »Ich mag die Bibliothek von Satterfield House sehr.«

Er hielt inne und drehte sich zu den Regalen, die entlang einer Wand verliefen. »Tun Sie das? Was sind Ihre Favoriten?«

Nora fragte sich, was er von ihrem Geschmack halten würde, der breit gefächert war und von romantischen Romanen über gotische Erzählungen, Poesie bis hin zu spannenden Erzählungen reichte. »Ich habe viele. Ich fürchte, es fällt mir schwer, eine Wahl zu treffen.«

»Und was ist das letzte, das Sie gelesen haben?«

Sie zögerte, aber nur kurz. »Ein romantischer Roman von Sarah Wilkinson.« Vermutlich würde er feststellen, dass es ihr an Geschmack mangelte.

»Ich habe alle ihre Bücher gelesen.«

Nora sah überrascht zu ihm auf. »*Sie lesen Sarah Wilkinson?*«

Er sah sie verschmitzt an. »Vielleicht haben Sie bemerkt, dass Lady Satterfield jeden Titel besitzt. Sie hatte schon immer eine Vorliebe für solche Geschichten und in meiner Jugend las ich alles, was ich in die Finger bekommen konnte. *Alles.*«

Nora drückte ihre Finger an ihren Mund und kicherte. »Mögen Sie Liebesromane?«

»Nun, ich *hasse* sie nicht. Ich bin bekannt dafür, drei oder vier in einer Woche zu lesen, wenn ich in einer gewissen Stimmung bin.«

Ihr Kichern verwandelte sich in regelrechtes Gelächter. »Der Verbotene Herzog liest kitschige Romanzen? Was würde die vornehme Gesellschaft sagen?«

»Ich gebe nichts darauf, was jemand sagt, aber ich nehme an, das würde für Aufsehen sorgen.«

Wie schön muss es sein, sich nicht darum zu sorgen – sich nicht sorgen zu *müssen* – was andere über einen sagen. »Alles, was Sie tun, verursacht Aufregung«, sagte sie, ihr Lachen verstummte. »Die Romane würden Sie jedoch menschlicher erscheinen lassen.« Sie zuckte innerlich zusammen, als ihr bewusst wurde, wie schrecklich das klang. »Oh je, bitte vergeben Sie mir. Ich wollte nicht andeuten, dass Sie kein Mensch sind.«

Er nahm ihre Hand, steckte ihre Finger unter seinen Rock und führte ihre Handfläche flach gegen seine Weste direkt über sein Herz. »Wie Sie fühlen können, bin ich das.«

Noras Atem stockte. Sie blickte zu ihm auf, ihr Blick verschmolz mit seinem. »Ich habe nie daran gezweifelt.«

Er ließ ihre Hand los und sie ließ sie langsam und widerstrebend auf ihre Seite sinken. Ein Schauer der Erregung tanzte ihre Arme hoch und breitete sich aus, weckte ihre Sinne.

»Sie haben jedoch Recht, dass andere mich vielleicht anders sehen könnten«, sagte er. »Ich erlaube ihnen nicht, mir so nah zu sein.«

Doch er erlaubte es ihr. Wieder dachte sie, dass er dies nur tat, weil sie das Mündel seiner Stiefmutter war. Aber weil sie neugierig und ungestüm war, fragte sie: »Warum bin ich anders?« Sofort wollte sie es zurücknehmen. Sie war natürlich *nicht* anders. Sie war einfach nur *hier*. »Bitte vergessen Sie, dass ich gefragt habe. Sie sind so gütig, sich um mich zu kümmern und meine Sache zu unterstützen.«

Seine Lippen verzogen sich zu einem leichten Kräuseln. »Ich tue das nicht aus Güte.«

Sie war sich nicht genau sicher, was ›das‹ bedeutete, aber sie wollte nicht um eine Erklärung bitten. »Warum tun Sie es dann?«

»Ich weiß es nicht.« Er nahm eine Haarsträhne, die sich über ihrem Ohr kringelte, zwischen seine Finger. Es war ein einzigartiger Moment, als ob die Zeit aufgehört hätte zu existieren. Aber er war auch flüchtig. Er zog sich schnell von ihr zurück, drehte sich um und ging auf den Kamin zu. »Ich wollte Ihnen nicht zu nahetreten.«

Er drehte sich zu ihr um, als er sich in sicherer Entfernung von ihr wähnte. »Ich wollte fragen, ob es Ihnen gut geht, nachdem Haywood Sie bei dem Picknick beleidigt hat.« Sein Ton war gestochen scharf, fast geschäftsmäßig, aber er beruhigte nicht den plötzlichen Aufruhr der Angst, der sie durchdrang.

Sie hatte so sehr gehofft, dass ihre Begegnung mit Haywood unbemerkt bleiben würde, aber es schien, dass der Skandal sie wieder plagen würde. »Was haben Sie gehört?«

»Ich höre mir keinen Klatsch an. Meine Stiefmutter informierte mich über die unerwünschte Aufmerksamkeit, die er Ihnen entgegengebracht hat. Seine Augenbrauen verengten sich für einen kurzen Moment. »Ich habe dafür gesorgt, dass er Sie nicht mehr belästigt.«

Sie konnte sich nicht vorstellen, was das bedeutete. »Was haben Sie getan?«

Er blickte von ihr weg und zuckte mit den Schultern. »Er weiß nun, dass er nicht mit Ihnen sprechen oder gar *von* Ihnen sprechen sollte. Ich höre mir nicht nur keinen Klatsch an, ich dulde ihn auch nicht, wenn es um Menschen geht, die mir wichtig sind.«

Nora erstarrte. Er hatte sich um sie *gesorgt?* Die Panik, die sie verspürt hatte, womöglich im Mittelpunkt eines weiteren Skandals zu stehen, verblasste und wurde durch ein warmes Gefühl ersetzt, das sie nicht ganz benennen konnte. »Ich weiß immer noch nicht, was ich getan habe, um die Unterstützung Ihrer Familie zu verdienen. Ich ... danke Ihnen.«

»Warum glauben Sie, dass Sie etwas getan haben müssen?« Seine dunklen Augenbrauen zogen sich zusammen und obwohl er nicht gerade wütend aussah, verfügte er über eine Stärke, die sehr wohl einschüchternd sein konnte. »Sind Sie so wenig an Freundlichkeit gewöhnt?«

Ja, das war sie tatsächlich, aber sie konnte es nicht ertragen, eine so schändliche Wahrheit zuzugeben. Sie lachte, aber mit einer Spur von Unbehagen. »Sie müssen zustimmen, dass es für eine prominente Familie – die Familie eines Herzogs – ein bisschen außergewöhnlich ist, eine junge Frau wie mich aufzunehmen.«

»Wie Sie«, sagte er. Es war keine Frage, aber er äußerte sich so, als ob er erfahren wollte, was sie meinte. Sicherlich wusste er von ihrem Hintergrund. Sie hatten nicht direkt darüber gesprochen, aber er wusste es dennoch.

Sie wollte sicher sein. Sie sah ihm direkt in die Augen. »Eine Frau, die durch einen Skandal ruiniert wurde.«

Er runzelte langsam seine Stirn. »Sie verdienen es, hier zu sein. Sie verdienen es, Glück zu finden – jeder verdient das.«

Ein freundlicher und nachdenklicher Unberührbarer, der sie interessant zu finden schien ... Sie konnte ihren Blick nicht von seinem ausdrucksstarken Gesicht abwenden. »Was ist mit Ihnen, Eure Hoheit? Sind Sie glücklich?«

»Ich bin nicht *un*glücklich.«

Sie widersetzte sich dem Drang zu lächeln. »Das ist nicht gerade eine schallende Verkündung von Freude.«

»Ich bin sehr glücklich auf Lakemoor. Ich arbeite gerne mit meinen Pächtern zusammen. Ich genieße meine Pferde.«

»Und Sie lesen kitschige Liebesromane. Bitte vergessen Sie nicht diesen interessanten Teil von Ihnen.«

Ein Lachen brach aus seiner Brust und Nora gab ihrem Grinsen nach. »Ja, lassen wir das nicht aus.« Er ging durch den Raum zu ihr und kam ihr so nahe wie zuvor. »Sollen wir unseren Spaziergang fortsetzen?«

Er nahm ihre Hand und legte sie um seinen Unterarm. Seine Wärme, sein Duft, seine Nähe erfüllten ihre Sinne. Sie umklammerte ihn fester mit dem Wunsch, Halt zu finden.

Die Vertrautheit, von der sie glaubte, dass sie beim Abendessen und im Laufe ihrer anderen Begegnungen zwischen ihnen entstanden war, verwandelte sich plötzlich in etwas anderes - Intimität. Und mit ihr kam der Hunger nach diesem Mann, der sagte, dass sie es verdient hätte, glücklich zu sein, der mit ihr tanzte und der ihr mit Haywood zu Hilfe gekommen war. Sie sehnte sich danach, mit ihren Fingern entlang der festen Linie seines Kiefers zu streicheln, vielleicht zu spüren, wie die Haare dort am Ende eines Tages sprossen. Wären sie stachelig oder weich? Verlockend oder rau? Verlockend, war sie sich sicher.

Mehr als das, fragte sie sich, wie sich seine Lippen auf ihren anfühlen würden. Der einsame Kuss, den sie vor neun Jahren bekommen hatte, war nicht besonders angenehm gewesen, sogar schon bevor der Skandal ausgebrochen war. Sie hatte es nicht eilig gehabt, es noch einmal zu versuchen – nicht, dass sie die Chance dazu gehabt hätte. Aber jetzt, da sie hier so nah an Kendal stand, kam sie nicht umhin, zu denken, dass sein Kuss anders sein würde. Sein Kuss wäre alles, wovon sie geträumt hätte, und noch mehr.

Sie erinnerte sich daran, dass sie ihn nicht küssen konnte und dass sie wahrscheinlich nicht einmal mit ihm allein sein sollte. Das war genau das, was sie von Anfang an in Schwierigkeiten gebracht hatte. Oh, aber wenn sie ihn küssen könnte, ohne dass es jemand herausfand ...

Mit ihm im Garten spazieren zu gehen, war vielleicht eine dumme Idee, aber Nora konnte es noch immer nicht über sich bringen, nein zu sagen.

KAPITEL NEUN

*T*itus führte sie hinaus auf die Terrasse und dann die beiden Stufen hinunter in den Garten seiner Stiefmutter. »Er mag klein sein, aber Lady Satterfield ist stolz darauf, insbesondere auf die Rosen. Sie sollten die Gärten in ihrem Landhaus sehen.«

Er war sich ziemlich sicher, dass sein Versuch, einen Plausch zu halten, äußerst erbärmlich war, aber sein Gehirn hatte es schwer, im Moment die Oberhand über seinen Körper zu behalten. Die Berührung von Noras Hand auf seinem Arm, die sinnliche Art, wie sie ihre Lippen bewegten, wenn sie zu ihm sprach, die Herausforderung in ihren braunen Augen – all das löste ein exquisites Bedürfnis aus.

Mit ihr im Garten spazieren zu gehen, war eine verdammt schreckliche Idee. Aber er tat es trotzdem.

Er steuerte sie zu den Rosen, die er erwähnt hatte. Sie blühten noch nicht, aber in ein paar Wochen würden sie ein farbenfrohes Schauspiel und ein Buffet wunderschöner Düfte darbieten.

Sie neigte ihren Kopf zu der gepflegten Reihe von Sträuchern. »In St. Ives hatten wir auch Rosen. Sie zu hegen und zu pflegen war eine meiner Lieblingsbeschäftigungen im Sommer.«

Er stellte sie sich allein auf dem Land vor, wie sie die Rosensträucher beschnitt und sich vielleicht die Finger an deren bösen Dornen stach. Irgendwie schien das eine Metapher für die vornehme Gesellschaft zu sein – schön, aber tückisch. »Werden Sie das vermissen? Ich bin sicher, es würde meiner Stiefmutter nichts ausmachen, wenn Sie sich diesen Rosen hier widmen würden.«

Sie lächelte. »Danke, aber ich denke, sie wird mich zu sehr mit anderen Dingen beschäftigen. Sie ist sehr engagiert, dafür zu sorgen, dass ich eine Saison habe, an die ich mich immer erinnern werde.«

Inklusive eines Ehemannes. Er schaffte es kaum, nicht allzu finster dreinzuschauen.

Sie gingen für einen Moment in Schweigen. Er sollte gehen. Er war nur zum Abendessen gekommen, weil er gerne mit seinen Stiefeltern speiste. Außer dass dieses Abendessen um eine betörende Frau bereichert worden war, die viel zu viele seiner Gedanken beschäftigte. Eine Frau, die er versprochen hatte zu meiden, aber es nicht konnte.

Sie neigte ihren Kopf zu ihm. »Ich hoffe, Sie finden mich nicht unverschämt, aber ich frage mich, ob Sie mir wohl sagen könnten, warum Sie den Beinamen Verbotener Herzog bekommen haben.«

Er blieb stehen und drehte sich zu ihr hin.

Sie zuckte und zog ihre Hand von seinem Arm zurück. »Es tut mir leid. Lady Satterfield hat angedeutet, dass Sie ein Mann sind, der seine Privatsphäre schätzt. Vergessen Sie bitte, dass ich gefragt habe.«

»Es ist ja nicht so, dass ich den Namen kultiviert habe«, sagte er. »Zumindest nicht mit Absicht. Ich kann aber auch nicht behaupten, dass er mir nicht gefällt. Die Leute machen einen weiten Bogen um mich, was bedeutet, dass ich keine

Banalitäten erleiden muss. Das erleichtert mir mein Leben sehr.«

Sie lachte. »Meine Güte. Ich kann mich nicht entscheiden, ob Sie ein Snob sind oder nur sehr distanziert.« Sie schlug sich mit der Hand auf den Mund, ihre schönen Augen weiteten sich.

Er lachte mit ihr und freute sich über ihre Ehrlichkeit, obwohl ihm bewusst war, dass er jedem anderen, der das zu ihm gesagt hätte, direkt eine verpassen würde. »Wahrscheinlich ein bisschen von beidem.«

Ihre Augen strahlten vor Freude. »Also gefällt es Ihnen, verboten zu sein?«

»Ich *genieße* es, allein gelassen zu werden. Ohne meine Verantwortung im Oberhaus würde ich so gut wie nie nach London kommen.«

Sie war ernüchtert. »Ich verstehe. Ich bin leider genau das Gegenteil. Ich bin schon so lange allein, dass ich gerne unter Menschen sein möchte.«

Ihr Tonfall war sachlich, aber in den Tiefen ihrer Augen lauerte noch etwas anderes – Unsicherheit oder vielleicht gar Traurigkeit. Was auch immer es war, er wollte es verbannen. Er näherte sich ihr, angezogen wie ein Regentropfen von der Erde. Sein Blut rauschte in seinen Ohren auf eine völlig urtümliche Weise.

Wieder dachte er, dass er nicht hier bei ihr sein sollte. Diese Gelegenheit könnte der Beginn eines Skandals sein.

Nur wenn es einen Zeugen gab, flüsterte sein Verstand.

»Ich unterhalte mich gerne mit Ihnen«, sagte er. »Es ist eine Schande, dass Sie so lange allein waren.«

Ihre Wimpern flatterten. »Ich unterhalte mich auch gerne mit Ihnen.« Ihre Stimme war leise, unbeabsichtigt verführerisch.

Er wollte sie unbedingt berühren, herausfinden, ob ihre

Haut so weich und warm war, wie er es sich vorgestellt hatte. Und so tat er es auch.

Seine Finger streiften ihren Kiefer. Sie sog den Atem ein und der Klang beschwor eine noch größere körperliche Reaktion herauf, wodurch sein ganzer Körper in Aufruhr geriet.

»Wir sollten zum Haus zurückkehren.« Ihre Worte waren kaum hörbar, kaum mehr als ein Flüstern.

Ja, das sollten sie, aber er hasste diese dummen Verhaltensregeln der vornehmen Gesellschaft. Im Moment wollte er sich gegen sie auflehnen. »Das sollten wir. Nur ...« Er wollte sie küssen. So dringend. Aber er konnte es nicht. Nicht wegen der Regeln, sondern wegen dem, was sie schon vor neun Jahren durchgemacht hatte.

Er lehnte sich zurück und war schockiert, als sie ihre Hand auf sein Revers legte. Ihre Berührung war leicht, zögerlich.

»Würden Sie mich ... küssen?«, fragte sie leise. »Ich wurde nur ein einziges Mal geküsst und es war schrecklich.« Sie blinzelte schnell und zog ihre Hand zurück. »Verzeihen Sie mir. Ich bin viel zu dreist.« Ihr Gesicht rötete sich und er konnte ihre Verlegenheit praktisch spüren.

Er wollte nicht, dass es ihr peinlich war. Er wollte auch nicht ihre Bitte ablehnen. »Das sind Sie nicht. Es ist eine Sünde, dass Sie nicht richtig geküsst wurden.«

Er trat näher heran und senkte den Kopf. Er machte es langsam, falls sie ihre Meinung änderte, aber zum Glück tat sie es nicht. Als seine Lippen auf ihre trafen, strömte ein dunkler Impuls des Begehrens durch ihn hindurch. Er kämpfte darum, sich zu beherrschen. Es wäre so leicht, sich in ihrem Kuss zu verlieren.

Ihre Hände legten sich wieder auf seine Brust, aber diesmal fester. Ihre Lippen drückten sich auf seine, was ihre

Mitwirkung bewies. Aber, hatte sie nicht um einen Kuss gebeten?

Ja – und er wollte es angenehm für sie machen.

Er neigte seinen Kopf und nahm seine Lippen kurz von ihren Lippen, bevor er sie wieder küsste. Seine Lippen tanzten auf ihren, ganz behutsam, damit sie sich an seine Berührung gewöhnen konnte. Als ihre Hände zu seinen Schultern wanderten, nahm er das als Zeichen, weiterzumachen.

Er legte seine Arme um sie, zog sie behaglicher an sich und teilte seinen Mund mit ihrem. Ihre Finger gruben sich in seine Schultern und er befürchtete, dass sie ihn wegstoßen würde.

Bitte, noch nicht.

Dieser Kuss war zu ehrlich, zu schön und er war nicht bereit, ihn zu beenden. Erst, nachdem er ihr einen richtigen Kuss gegeben hatte.

Er leckte entlang der Spalte ihres Mundes und sie öffnete ihn, möglicherweise vor Überraschung. Als er seine Zunge hineinstieß, wurde ihr Griff noch fester. Dennoch zog sie sich nicht zurück und schob ihn nicht weg. Stattdessen neigte sie ihren Kopf zur Seite – das war die ganze Einladung, die er brauchte.

Er zog sie zu sich heran, ohne auf das Gebot des Anstands zu achten. Er streichelte entlang ihrer Wirbelsäule, während er ihren Mund plünderte. Ihre Zunge traf seine, zuerst zögerlich, dann aber entschlossener. Er war sich nicht sicher, in welchem Augenblick sich dieser als Demonstration gedachte Kuss zu einem durch und durch impulsiven Akt entwickelt hatte, aber sie hatten diese Grenze überschritten und Titus schwebte in ernsthafter Gefahr, die Kontrolle zu verlieren.

Mit äußerster Anstrengung nahm er seinen Mund von ihrem und trat zurück. »Ich entschuldige mich zutiefst, Miss

Lockhart.«

Vergiss Haywood, Titus war derjenige, der eine gründliche Tracht Prügel verdiente. Und doch konnte er es weder bereuen, sie geküsst zu haben, noch konnte er sich selbst davon abhalten, es wieder tun zu wollen.

Aber er würde es nicht tun.

Sie hob ihre andere Hand an ihren Mund. Ihre Augen waren achtsam, aber noch etwas anderes flackerte dort in den braunen Tiefen – ein Funke Begierde. »Danke. Das war ... ganz anders als beim letzten Mal.«

Er lachte – er konnte nicht anders. »Ich bin froh, dass ich Ihnen behilflich sein konnte. Aber wir können das nicht noch einmal tun.«

Sie ließ ihre Hand zu ihrer Seite fallen. »Nein, ich schätze, das können wir nicht.« Der Blick, den sie ihm als Nächstes schenkte, erweckte seine Männlichkeit vollends zum Leben. Dieser glühende Blick wanderte über seinen Körper und kehrte dann zu seinen Augen zurück. »Schade.«

»Miss Lockhart, wenn Sie nicht sofort wieder hineingehen, wird meine Selbstbeherrschung in Fetzen liegen.«

Ihre Augen weiteten sich kurz, bevor sie sich auf der Ferse umdrehte und auf dem Weg zurück zum Haus durch den Garten eilte. Sie schenkte ihm keinen letzten Blick über die Schulter, bevor sie im Inneren verschwand.

Er atmete aus und erkannte da erst, dass er den Atem angehalten hatte, während sie davongelaufen war. Verdammt, er war ein wollüstiges Monster.

Hatte er Haywood nicht gedroht, weil er genau das getan hatte, was er sich gerade erlaubt hatte? Vielleicht nicht ganz *genau*, aber das Endergebnis wäre dasselbe – der Ruin einer Dame, die viel Besseres verdient hätte. Und sie war so nah an dem Leben, das sie hätte haben sollen.

Eine Phantom-Stimme in seinem Kopf wisperte, er könne ihr dieses Leben geben, wenn *er* sie heiraten würde. *Nein*, er wollte keine Ehefrau. Eine Ehefrau war ein Ärgernis, etwas, das er wahrscheinlich hätte haben sollen, aber nicht besonders wollte oder brauchte, und selbst wenn er es täte, wäre es nicht sie gewesen. Wenn sie die Wahrheit über seine Vergangenheit erfuhr, die Rolle, die er bei ihrem Untergang gespielt hatte, würde sie ihn zu Recht verachten. Welche Art von Ehe wäre das?

Nein, sie verdiente jemand Ehrbaren, jemanden wie Dawson, der eindeutig eine Frau wollte. Er würde sie gut behandeln, ihr ein angenehmes Leben ermöglichen und ihre Vergangenheit würde vergessen werden.

Ein kleiner Teil von Titus hoffte, dass sie ihren Kuss nicht vergessen würde. Er wusste, dass er es nicht tun würde.

~

*A*m nächsten Abend waren Nora und Lady Satterfield auf dem Weg zu einem der größten Bälle der Saison. Gastgeber waren der Herzog und die Herzogin von Colne und es würde sicherlich ein großer Andrang herrschen, nach allem, was Nora gehört hatte. Und sie hatte an diesem Nachmittag im Park viel gehört.

Lady Satterfield schaute durch das Fenster und verrenkte sich ihren Hals, um zu versuchen, die Straße hinunterzusehen. »Meine Güte, wir sind bereits jetzt zusammengepfercht. Das wird ein ziemliches Gedränge werden.« Sie sah Nora mit einem lebhaften Ausdruck an. »Ich hoffe, dass Satterfield uns finden kann.«

Lord Satterfield würde sich ihnen später anschließen, nachdem er den Abend in seinem Club begonnen hatte.

Mit einem Funkeln in den Augen richtete die Gräfin ihre Aufmerksamkeit auf Nora. »Sag mir, mit wem willst du heute Abend am liebsten tanzen?«

Kendal.

Aber Nora sagte nicht seinen Namen. Er würde sich auf keinen Fall die Ehre geben. »Ich erwarte, dass ich mit Mister Dawson tanze und vielleicht mit Lord Markham oder Mister Gilchrist.«

»Mister Dawson scheint von dir angetan zu sein. Fühlst du dasselbe?«

Er war charmant und witzig und ziemlich attraktiv. Aber er war nicht Kendal, an den sie seit dem Kuss von gestern Abend immer wieder denken musste. »Er ist sehr nett.«

Lady Satterfield strich über ihren Rock. »Ich verstehe. Nun, das ist keine glühende Erklärung.«

»Ich wollte ihn überhaupt nicht herabsetzen. Ich mag ihn wirklich.«

»Aber magst du ihn genug, um einen Antrag anzunehmen, wenn er dir einen machen sollte? Es ist eine Sache, einen Gentleman zu mögen, und eine ganz andere, sich bereitzuerklären, sein Leben mit ihm zu verbringen. Für einige Frauen ist dieses Gefühl genug. Andere ziehen es vielleicht vor, aus Liebe oder … Leidenschaft zu heiraten.« Sie schenkte Nora einen bedeutungsvollen Blick.

Ja, Leidenschaft. Wie der Kuss, den sie gestern Abend mit Kendal geteilt hatte. Egal wie angenehm sie Mr. Dawson auch fand, sie bezweifelte, dass er in ihr ein solches Gefühl auslösen konnte. Außerdem war sie sich nicht sicher, ob sie es herausfinden wollte.

»Wie auch immer, du musst dich nicht sobald mit Mister Dawson – oder sonst jemandem – zufriedengeben. Deine Popularität wird noch zunehmen und ich erwarte, dass du mehrere Verehrer haben wirst, die um deine Aufmerksamkeit buhlen.« Sie lächelte breit, als sie sich nach vorne lehnte und tätschelte Noras Knie kurz mitfühlend.

»Danke«, sagte Nora und war dankbar für jede Gnadenfrist. Alles entwickelte sich so schnell. Sie war von einer Frau, die eine Anstellung benötigte, um ihre Zukunft zu sichern, zum Gesprächsthema der Saison in London geworden.

Sie hatte schon Schwierigkeiten, sich zu entscheiden, welches Kleid sie tragen sollte. Da schien die Auswahl eines potentiellen Bräutigams eine schwindelerregende Aufgabe zu sein.

Tatsächlich vermisste sie ihr ruhiges Leben in St. Ives – ihre Rosen und ihre Bücher. Die Besuche bei ihrer Schwester. Sie schrieb fast jeden Tag an Jo und wartete gespannt auf deren Antworten, die im gleichen Tempo kamen. Jo freute sich über Noras zweite Chance, staunte aber gleichzeitig wie Nora, dass ihr ein derart großes Wohlwollen entgegengebracht wurde. Ihr Vater hingegen hatte nur einmal geschrieben, um zu sagen, dass er sich nun mit seiner Schwester und seinem Schwager arrangiert hatte. Der Gedanke, dass es für sie jetzt keinen Platz mehr gab, wohin sie heimkehren konnte, machte Nora traurig. In der Tat hatte sie kein richtiges Zuhause mehr, es sei denn, sie betrachtete das der Satterfields' als ihres, und sie nahm an, sie würde das auch müssen.

»Also, welche Art von Ehe denkst du, würdest du bevorzugen?«, fragte Lady Satterfield. »Ich hatte das Glück, mich zweimal zu verlieben. Ich gebe zu, dass ich mir dasselbe für dich wünschen würde.« Sie sprach mit Wärme und Aufrichtigkeit und Nora war fast überwältigt von Dankbarkeit und Wertschätzung. In vielerlei Hinsicht war Lady Satterfield zu einer Ersatzmutter geworden – und, ehrlich gesagt, war sie das Beste an all den abrupten Veränderungen in Noras Leben. Die Erinnerung an Kendals Kuss erwachte in ihrem Kopf. Vielleicht nicht das *Beste* …

»Liebe wäre schön«, sagte Nora. »Aber ich habe in meinem Alter keine Illusionen. Ich würde mich sehr freuen, Kameradschaft und gegenseitige Wertschätzung zu finden.«

»Gib dich nicht mit etwas zufrieden, das du nicht willst.

Der richtige Mann ist da draußen. Da bin ich mir sicher.« Lady Satterfield sah wieder aus dem Fenster. »Ah, wir sind endlich angekommen.«

Ein Lakai öffnete die Tür und half der Gräfin, aus dem Wagen auszusteigen. Die Nacht war kühl, aber trocken.

Nora nahm die angebotene Hand des Lakaien und trat aus der Kutsche. Dann folgte sie Lady Satterfield zur Tür des riesigen Stadthauses. Im Herzen der Upper Grosvenor Street gelegen, war die Adresse der Colnes' äußerst vornehm. Es war ein Ort, den Nora während ihrer vorherigen Saisonen nie hätte besuchen können. Jetzt schien sie jedoch den obersten Kreis infiltriert zu haben und konnte mit den Unberührbaren die Schultern reiben. Sie fühlte sich wie eine Betrügerin.

Als sie sich auf den Weg nach innen und durch die Empfangsreihe machten, ließ Nora ihre Gedanken wandern. Sie achtete gerade genug auf die Vorgänge, um sich nicht zum Narren zu machen, während sie den Fantasien frönte, die in ihrem Gehirn Wurzeln schlugen. Sie dachte an eine Zukunft, in der sie sich überhaupt nicht für einen Mann entscheiden musste, sondern unabhängig und sorgenfrei sein konnte. In dieser Traumwelt küsste sie ungestraft jeden, den sie wollte.

»Miss Lockhart, Sie sind eine Schönheit!« Mr. Dawson begrüßte sie mit einem breiten Lächeln, seine braunen Augen strahlten vor Bewunderung. »Ich hoffe, ich bin der Erste, der heute Abend einen Tanz beansprucht.«

»In der Tat, das sind Sie.«

»Ausgezeichnet, ich werde Sie finden, wenn das Set beginnt.« Er verbeugte sich kurz, bevor er sich zurückzog.

Im Laufe der nächsten Viertelstunde sammelte Nora genügend Tanzeinladungen, um für den ganzen Abend beschäftigt zu sein. Sie sollte erfreut und aufgeregt sein. Schließlich war es das, was sie wollte, nicht wahr?

Nur, jetzt, wo sie es hatte, war sie sich überhaupt nicht sicher, ob sie damit auch tatsächlich zufrieden war. Es fühlte sich plötzlich so an, als hätte sie ihr Leben der letzten neun Jahre für selbstverständlich gehalten.

Sie tanzte mit Mr. Dawson und versuchte, sich eine Ehe mit ihm vorzustellen. Die Leidenschaft, die Lady Satterfield erwähnt hatte, war nicht vorhanden. Aber gleichzeitig würde er ein absolut akzeptabler Ehemann werden.

Das klang so langweilig.

Vor der Pause zum Abendessen tanzte sie noch mit zwei weiteren Gentlemen. Als die Musik aufhörte, führte ihr Partner sie von der Tanzfläche und entschuldigte sich, dass er nicht zum Abendessen bleiben könne. Dann plötzlich erfasste Nora ein Hochgefühl, denn dort, neben Lady Satterfield, stand die letzte Person, die sie heute Abend hier erwartet hatte – der Verbotene Herzog.

Kendal beobachtete ihr Näherkommen, seine grünen Augen dunkel und verführerisch, fast einladend. Sie fühlte den Drang, direkt zu ihm zu gehen, die Erinnerung an seine Lippen auf ihren, die sie nach vorne trieb.

»Guten Abend, Miss Lockhart.« Seine Stimme war tief und einnehmend.

Sie machte einen Knicks. »Guten Abend, Eure Hoheit. Es ist ein Vergnügen, Sie hier zu sehen.« Sie ließ absichtlich keine Frage in ihre Begrüßung einfließen, obwohl sie unbedingt wissen wollte, warum er gekommen war. Seine Anwesenheit musste für Aufsehen sorgen.

Seine Mundwinkel zuckten leicht. Es war kein Lächeln, aber sie erkannte es als Zeichen dafür, dass er ihre ungestellte Frage verstanden hatte, besonders weil seine Augen vor unterdrückten Emotionen zu leuchten schienen. Sie hatte das Gefühl, dass er von dieser Situation amüsiert war, und sie sehnte sich danach, zu fragen, warum.

»Ich hatte gehofft, den nächsten Tanz in Anspruch nehmen zu können.«

Oh je. Enttäuschung durchströmte sie. Noch nie war ihre Beliebtheit so störend gewesen. »Ich bin leider bereits engagiert, Eure Hoheit.«

Das Leuchten in seinen Augen wurde gedämpft. »Nun, dann werde ich mich mit einer Promenade begnügen müssen.«

»Ja, nach dem Abendessen«, sagte Lady Satterfield.

Nora hatte ihre Anwesenheit so gut wie vergessen. Tatsächlich hatte sie fast vergessen, dass sie auf einem Ball waren. Es hatte den Anschein, dass es nur sie und Kendal gab. Wie absurd entzückend.

Lord Satterfield schloss sich ihnen an. »Kendal, das ist ein Schock. Versuchst du, die vornehme Gesellschaft an der Nase herumzuführen?« Er grinste seinen Stiefsohn an, bevor er sich an seine Frau wandte. »Wollen wir zum Abendessen gehen?«

»Sehr gern.« Kendal präsentierte Nora seinen Arm und sie gingen den Satterfields in das Esszimmer voraus, wo ein opulentes Buffet aufgebaut worden war. Nora hatte noch nie eine solche Auslage gesehen. Die schiere Menge an Geschirr, Silber und Gläsern reichte aus, um ihren Kopf schwimmen zu lassen.

Sie neigte ihren Kopf in Kendals Richtung. »Was für eine erstaunliche Menge an Geschirr.«

Sie hielt ihre Stimme leise und zog es vor, ihr Gespräch so privat wie möglich zu führen. Sie spürte, wie alle Augen im Raum sie anstarrten, konnte die Fragen und Kommentare der Gäste hören, die sich bemühten, leise zu sein. Sie zog es vor, so zu tun, als wären sie und Kendal allein im Garten der Satterfields. Oder irgendwo anders.

Er führte sie zu einem Stuhl neben Lady Satterfield. »Ich

kann mir nicht vorstellen, eine Veranstaltung dieser Größenordnung abzuhalten. Der jährliche Ball meiner Stiefmutter ist
schon beängstigend genug.« Er platzierte Nora auf dem Stuhl
– dann entschwand seine Berührung und mit ihr seine Wärme.

Lady Satterfield sah Nora und dann ihren Stiefsohn an.
»Es ist nicht so anders. Natürlich habe ich nicht den Platz
oder die Mittel, um einen Ball dieser Größenordnung abzuhalten. Aber wenn dem so wäre, würde ich es tun.« Sie
lächelte, ihre Augen funkelten. »Nora, wenn du verheiratet
bist, wirst du vielleicht die Gastgeberin eines solchen Balles
sein.«

Nora hatte in den ersten Jahren nach ihrem Ruin von so
etwas geträumt, hätte aber nie gedacht, dass es wahr werden
würde. Selbst jetzt, als sie inmitten der Elite – den Unberührbaren – saß und eine Akzeptanz genoss, die sie sich nie
hätte vorstellen können, konnte sie nicht glauben, dass es
möglich war. Außerdem war sie sich jetzt, da es so war, überhaupt nicht sicher, ob es das war, was sie wollte.

Kendal deutete an, dass der Lakai ihm etwas Claret
einschenken sollte. Er wandte sich an Nora. »Claret oder
Madeira?«

Sie sah den Lakaien an. »Madeira, bitte.«

Eine Frau, die auf der anderen Seite von Kendal saß,
sprach ihn an. »Kendal, es ist so ein Segen, Euch heute Abend
hier anzutreffen. Ihr scheint der Mann der Stadt in dieser
Saison zu sein.«

Nora hatte ihn noch nie mit anderen Leuten sprechen
sehen. Bei den öffentlichen Anlässen, an denen sie ihn beobachtet hatte – auf Lady Satterfields Ball und dem Picknick –
hatte er nur mit seinen Stiefeltern und Nora gesprochen. Sie
wartete, um zu sehen, was er tun würde.

Er drehte seinen Kopf zu der Frau und Nora hätte ihr
Nadelgeld dafür gegeben, um seine Miene zu sehen. Sie
versuchte zu hören, was er sagte.

»Ja.«

Das einzelne Wort schien eine Fülle von Bedeutungen zu vermitteln, die wichtigste davon war: *Sprich nicht mehr mit mir.*

So schien es zumindest.

Er drehte seinen Kopf zu Nora. »Haben Sie den Ball genossen?«

»Ja, danke.« Sie warf einen Blick über die Tische und sah, dass die Leute sie, wie erwartet, beobachteten. Sie tat ihr Bestes, um sie zu ignorieren und fragte sich, wie Kendal das gelang. Er schien völlig immun gegen die Menschen um ihn herum zu sein. »Wie machen Sie das?«, flüsterte sie.

»Was?« Es war nicht ganz ein Flüstern, aber das Wort war leise und der Basston ließ sie erzittern.

»Sie alle ausschalten«, sagte sie.

»Ah. Das, denke ich, ist ein Gespräch für ein anderes Mal.« Er lächelte knapp. »Aber ich verspreche, wir werden es haben.«

Lady Satterfield übernahm den Großteil des Gesprächs, während sie zu Abend aßen. Als das Essen zu Ende ging, blickte sie an Nora vorbei auf ihren Stiefsohn. »Kendal, wirst du bleiben?«

Er schüttelte den Kopf. »Ich bin schon lange genug hier, findest du nicht auch?« Eine hochgezogene Augenbraue verlieh seiner Frage einen Hauch von Humor.

Seine Stiefmutter kicherte. »In der Tat. Es ist eine Schande, dass du nicht mehr mit Nora tanzen kannst, aber ich wage zu behaupten, dass sie deine Hilfe nicht mehr benötigt.«

Da war es. Nora hatte lange vermutet, dass Kendal nur deshalb Interesse an ihr zeigte, weil Lady Satterfield ihn darum gebeten hatte, und jetzt wusste sie, dass dem so war. Warum hatte er sie dann geküsst? Sie warf einen Blick auf ihn und fühlte sich plötzlich verunsichert.

Alle begannen, sich vom Tisch zu erheben. Kendal half Nora von ihrem Stuhl und führte sie aus dem Esszimmer. Zurück im Ballsaal küsste er ihre Hand. »Es war mir ein Vergnügen, Miss Lockhart. Genießen Sie den Rest Ihres Abends.«

»Danke, Eure Hoheit. Das werde ich.« Aber nicht annähernd so sehr wie in der letzten Stunde. Bis sie anfing, sich wie eine Verpflichtung zu fühlen. Oder ein Gefallen, den der Verbotene Herzog seiner geliebten Stiefmutter tat.

Als sie zusah, wie er sich aus dem Ballsaal zurückzog, protestierte ein Teil von ihr. Vielleicht war sein Interesse so entfacht worden, aber sie dachte nicht, dass sie seine Begeisterung beim Küssen, den Humor, den sie im Gespräch geteilt hatten, oder das Versprechen, das er ihr gerade beim Abendessen gegeben hatte, missverstanden hätte. Nein, er schien nicht gleichgültig zu sein. Aber das bedeutete auch nicht, dass er mehr wollte, als ihr auf dem Weg zum Erfolg behilflich zu sein.

Sie tanzte mit mehreren weiteren Gentlemen, aber bei jedem von ihnen stellte sie sich grüne Augen und ein verführerisches Lächeln vor. Als sie mit Lady Satterfield in die Kutsche stieg, war sie erschöpft.

»Wie können Menschen eine ganze Saison mit solchen Vergnügungen überleben?«, fragte Nora. Sie sollte morgen sicher den ganzen Tag schlafen, würde es aber vermutlich nicht tun. Auf dem Land war sie schon sehr früh aufgestanden und hatte sich diese Gewohnheit noch nicht abgewöhnen können.

Die Gräfin lachte. »Man gewöhnt sich daran, aber natürlich gehe ich nicht jeden Abend aus. Das würde ich nicht schaffen. Als ich jünger war, war es anders.« Sie studierte Nora. »Gefällt es dir nicht?«

Nora wollte Lady Satterfields Gefühle nicht verletzen. Schließlich bot sie Nora eine außergewöhnliche Gelegenheit und Nora wollte nicht undankbar erscheinen. »Es ist nicht so ... es ist einfach anders.«

»Du wirst dich daran gewöhnen. Sobald du verheiratet bist, kannst du deinen gesellschaftlichen Kalender selbst gestalten. Sieh dir Kendal an. Er kümmert sich nicht um irgendetwas davon.« Sie schüttelte den Kopf. »Ich bin erstaunt, dass er heute Abend gekommen ist. Er wird morgen das Hauptthema eines jeden Gesprächs sein. Wenn er das nicht schon ist.«

»Sie wussten nicht, dass er kommen würde?«, fragte Nora.

»Nein und ich habe ihn nicht darum gebeten. Ich habe ihm natürlich gesagt, dass wir hier sein werden.«

Sie hatte ihn nicht gebeten, zu kommen. Was bedeutete, dass er aus eigenem Antrieb erschienen war – und sie aufgesucht hatte. Das Unbehagen, das sie zuvor empfunden hatte, wich und hinterließ ein warmes Gefühl der Zufriedenheit.

Lady Satterfield neigte ihren Kopf zur Seite. »Du musst ihn sehr seltsam finden. Ich weiß, dass einige Leute das tun, aber andere erinnern sich daran, wie er vorher war – in seiner Jugend.«

Nora lehnte sich leicht nach vorne und war gespannt auf mehr Informationen. »Und wie war er?«

»Er war unvorsichtig, ein wahrer Bonvivant, um ehrlich zu sein. Dann starb sein Vater und er wurde der Herzog. Kendal, das heißt, Titus, fühlte sich sehr verantwortlich und arbeitete hart, um die Art von Mann zu sein, die sein Vater sich gewünscht hätte.«

Nora war verzaubert. Sie sehnte sich danach, die Geheimnisse des Verbotenen Herzogs zu enträtseln. »Was für ein Mann war das?«

»Kendal – mein Mann, meine ich – war der klügste Mann, den ich kannte. Er führte seine Ländereien untadelig und setzte sich im Parlament immer für eine oder mehrere

Belange ein. Er war ein Reformer.« Sie lächelte, ihr Blick schweifte in die Ferne, als ob sie von Erinnerungen überwältigt wäre. »Er hatte sehr wenig Zeit für Unsinn oder was er reinweg für Unsinn hielt.«

»Was hielt er für Unsinn?«

Lady Satterfields Lippen kräuselten sich. »Bälle wie dieser, obwohl er wie Satterfield zum Abendessen erschienen wäre.«

Nora bemerkte, dass Satterfield noch eine Weile geblieben war, bevor er sich verabschiedet hatte. »Hat er viel Zeit in seinem Club verbracht?«

»Genauso wie Titus es nun tut – in seinem Privatraum.«

Titus. Ein starker Name, der an die griechischen Titanen erinnerte, er passte zu ihm. Nora stellte ihn sich in seiner Einsamkeit vor und war überrascht, dass das Bild verführerisch war. Aber dann ließ jedes Bild mit ihm ihren Magen vor Erwartung kräuseln. Sie versuchte, an den jüngeren Titus, den Lebemann, zu denken – es gelang ihr nur schwerlich. »Ich kann mir Kendal nicht als einen unbedachten jungen Mann vorstellen.«

»Ja, nun, das war er.« Lady Satterfield schüttelte sanft den Kopf. »Er hat seinen Vater mit seinen Possen verrückt gemacht.«

»Welche Art von Possen?«

»Er trieb sich mit einer Gruppe anderer junger Männer herum – sie liebten Rennen, Glücksspiel, alles, was man erwarten würden. Er machte damals eine gute Figur. Ich bin überrascht, dass du dich nicht mehr an ihn erinnerst. Es muss ungefähr zur gleichen Zeit gewesen sein, als du seinerzeit hier in London warst.«

Nora versuchte, sich an ihn zu erinnern, konnte es aber nicht. »Ich habe mich nicht in den gleichen Kreisen bewegt.« Tatsächlich war ihr einziger Ausflug in die höheren Gesellschaftsschichten gewesen, als Haywood ihr Aufmerksamkeit

geschenkt hatte, und man schaue sich nur an, wie das ausgegangen war.

»Er war damals natürlich nicht Kendal«, sagte Lady
Satterfield. »Er war der Marquis von Ravenglass.«

Dieser Name weckte einen Hauch von Erinnerung, aber
Nora konnte ihn immer noch nicht einordnen.

Lady Satterfield gähnte, als die Kutsche vor ihrem Stadthaus hielt. »Meine Güte, bin ich müde. Wir werden morgen
eine Pause einlegen. Ich muss neue Energie schöpfen, da ich
am Tag danach einen Tee veranstalte.«

Nora war begeistert, einen Tag zur Erholung zu haben.
Trotzdem fühlte sie sich gerade beunruhigt. Der Name
Ravenglass geisterte in ihrem Hinterkopf herum, aber sie
erinnerte sich einfach nicht an Kendal aus ihren früheren
Saisonen.

Als sie in dieser Nacht einschlief, dachte sie an einen
Lebemann mit dem Namen Ravenglass und konnte sich
nicht vorstellen, wie er der Verbotene Herzog hatte werden
können.

KAPITEL ZEHN

$\mathcal{T}$itus ging vom Ball zum Haus seiner Mätresse. Isabelle war ausgegangen – ins Theater, laut ihrem Lakaien – und so wartete er auf sie. Aber nachdem er sich ein Glas Whisky eingeschenkt hatte, ging er, anstatt es sich bequem zu machen, auf und ab.

Sie legte einen großen Auftritt hin in dem kleinen Wohnzimmer, das an ihre Schlafkammer angrenzte. Sie trug ein Kleid aus funkelndem rubinrotem Satin, das mit einem goldenen Band verziert war, und sah aus wie ein glänzendes Juwel, das Wertschätzung verdiente. Übertrieben aufgeputzt.

Er konnte nicht anders, als sie mit Nora zu vergleichen. Sie hatte ein einfaches, aber elegantes Ballkleid in einem reichen Bernstein getragen, das ihr rotbraunes Haar röter und ihre braunen Augen leuchtender erscheinen ließ. Wo Isabelle auf sich aufmerksam machte, lockte Nora einen unauffällig in ihre Umlaufbahn, und sobald man dort war, war man sehr versucht, nie wieder zu gehen.

Aber er *war* gegangen. Er hatte keine andere Wahl gehabt, es sei denn er wollte der feinen Gesellschaft noch mehr Futter geben.

»Kendal«, schnurrte Isabelle. »Was für eine göttliche Überraschung.« Sie legte ihren pelzbesetzten Umhang auf die Sitzbank. »Gib mir ein paar Minuten, um mich vorzubereiten, bevor du hereinkommst.« Sie ging in Richtung ihrer Schlafkammer.

»Warte. Ich würde gerne … reden.« Er nahm in dem Sessel am Kamin Platz, neben dem sein Whisky auf einem Beistelltisch stand. Er trank einen Schluck und bedeutete ihr, dass sie sich auch setzen solle.

Sie ließ sich auf der Sitzbank nieder, ihr Gesichtsausdruck zeugte von Verwirrung. »In Ordnung.« Sie zog ihre Handschuhe aus und legte sie neben sich. Dann griff sie nach oben und löste die Feder aus ihrem beeindruckend frisiertem Haar. »Was sollen wir besprechen?«

Er zuckte mit den Schultern. »Das Wetter. Was auch immer du im Theater gesehen hast. Es ist mir egal.«

»Ich verstehe. Du bist hier, um zu reden, hast aber kein Thema im Sinn.« Sie legte die Feder auf ihre Handschuhe. »Ich hoffe, du wirst mir meine Kühnheit verzeihen – es ist gemeinhin bekannt, dass du keine Torheiten jeglicher Art duldest. Warum hast du mich überhaupt eingestellt?«

Er unterdrückte einen finsteren Blick und nahm noch einen Schluck Whisky. »Ja, Torheiten sind mir ein Gräuel.«

Sie verengte die Augen. »Du hast mir ausdrücklich gesagt, dass du mich gewählt hast, weil ich glücklicherweise der Arglist beraubt bin, der meine *Schwestern* typischerweise anheimfallen. Möchtest du auch, dass ich den Mund halte? Wenn ich mich recht erinnere, hat dir dieser Teil von mir sehr gut gefallen.«

Sie bezog sich auf die Nacht, in der er sie in seine Dienste aufgenommen hatte. Sie waren hierher in ihr kleines Stadthaus, das jetzt von ihm unterhalten wurde, gekommen, und sie hatte den Beweis für die Fähigkeiten erbracht, die sie behauptete zu besitzen. Sie war, ohne Zweifel, eine ausgezeichnete Geliebte. Und er hatte sie seitdem nicht mehr berührt.

»Ich war beschäftigt.« Sie hatte nicht gefragt, warum er ihre Dienste nicht in Anspruch genommen hatte, aber aus irgendeinem Grund fühlte er das Bedürfnis, sich zu erklären. Nun, wer war jetzt töricht?

Isabelle strich ihre wunderschön manikürte Hand über ihren Rock. »Nun, ich bin froh, dass du jetzt hier bist. Ich war sehr begierig darauf, unsere Bekanntschaft zu vertiefen.« Der Blick, den sie ihm zuwarf, war verführerisch direkt und ließ absolut keinen Raum für Missverständnisse. Sie wollte ihn in ihr Schlafgemach nehmen und tun, was immer er wollte.

Nur wollte er das nicht. Nicht mit ihr. Nicht, seitdem er Nora – einen Tag nachdem er Isabelle ausgewählt hatte – getroffen hatte.

Isabelle beobachtete ihn einen Moment lang, ihre Miene verwandelte sich von verführerisch zu verwirrt. Sie stand abrupt auf und ging zur Anrichte, wo sie sich ein Glas Whisky einschenkte. »Möchtest du, dass ich dir nachschenke?«, fragte sie.

Titus sah sein fast leeres Glas auf dem Tisch an. »Ja, bitte.«

Sie schlenderte mit der Karaffe auf ihn zu und füllte das Glas. Als sie wieder am Sideboard war, drehte sie sich zu ihm um und wiegte ihr Glas. Sie schien ihn aufmerksam zu studieren, bevor sie einen Schluck trank. »Irgendwas stimmt nicht. Du willst mich nicht, glaube ich. Und doch hast du mich auserwählt. Was ist passiert? Hast du jemand anderen kennengelernt?«

Er zögerte nicht, bevor er antwortete. »Ja.«

Sie schürzte ihre Lippen. »Ich verstehe. Wie dem auch sei, ich hatte noch andere interessierte Gentlemen. Ich bin mir sicher, dass ich einen anderen Beschützer finden könnte. Sag mir, wer ist die Schlampe, damit ich meinen Madeira auf sie verschütten kann, wenn wir uns das nächste Mal treffen?«

Er lachte fast über das Gift in ihrem Tonfall. Kurtisanen konnten in dem Bestreben, einen Beschützer zu finden, bissig sein. »Nein, so ist das nicht. Sie ist nicht ... wie du.«

Ihre Augen weiteten sich kurz und sie ging zurück zum Sofa, wo sie sich wieder setzte. »Als du mich angeheuert hast, hast du absolute Geheimhaltung über unsere Beziehung gefordert, einschließlich allem, was wir besprochen haben. Ich habe das Versprechen, das ich dir gegeben habe, sehr ernst genommen. Möchtest du über sie sprechen?«

Er vermutete, dass er das gewollt hatte. Er kam hierher in der Hoffnung, dass er Isabelle besinnungslos ficken könnte, aber er wollte es nicht. Nein, als er an die Frau dachte, mit der er heute Abend schlafen wollte, war es nicht seine Mätresse.

Er räusperte sich. »Ihr Name ist Nora. Sie hat, äh, meine Aufmerksamkeit erregt.«

»Wie schön für sie. Sie muss überglücklich sein, sich einen Herzog geschnappt zu haben.«

Er runzelte die Stirn. »So ist das nicht. Sie ist der Protegé meiner Stiefmutter.«

Isabelles Mund bildete ein O. »Sie ist also ziemlich jung?«

»Nein, das ist sie eigentlich nicht.« Er war sich ihres genauen Alters nicht sicher, dachte aber, sie sei wahrscheinlich siebenundzwanzig oder achtundzwanzig. »Tatsächlich ist sie älter als du.«

Isabelles elegante blonde Augenbrauen kletterten etwas höher. »In der Tat? Wie um alles in der Welt ist sie zum Protegé deiner Mutter geworden?«

Er nahm einen großen Schluck von seinem Whisky. »Die Details sind nicht von Bedeutung. Es genügt zu sagen, dass es ... Gründe gibt, warum ich sie nicht umwerben kann.«

»Bah. Du bist ein Herzog. *Der Verbotene Herzog*. Vielleicht der unberührbarste Adelige im Königreich. Du kannst jeder Dame den Hof machen, wenn du nur willst.«

Ihre Verwendung des Wortes unberührbar ließ ihn an Nora denken. Mit diesem einen Wort hatte sie die nicht so subtile Hierarchie innerhalb der vornehmen Gesellschaft perfekt erfasst. Es war eine Hierarchie, die er verachtete, denn sie erlaubte ihm und seinem Geschlecht, das zu tun, was Isabelle gerade gesagt hatte – alles, was ihnen verdammt nochmal gefiel. Gleichzeitig hinderte es Menschen wie Nora daran, das zu tun, was sie wollten. Und es war nicht nur die soziale Position, die ihre Rollen bestimmte – es war natürlich ihr Geschlecht. In seiner Jugend hatte Titus alles ausgenutzt – seine Position, seine Männlichkeit, seine Macht.

Zu Noras Nachteil.

»Ich kann *sie* nicht umwerben.«

Isabelle trank ihren Whisky. »Kannst du es nicht oder willst du nicht? Ich behaupte immer noch, dass du tun kannst, was immer du willst. Jede Frau würde sich freuen, deine Aufmerksamkeit zu haben.« Ihr Blick fiel auf seine Leistengegend. »Mit oder ohne Titel.«

Ihre zarte Anspielung blieb ihm nicht verborgen, aber sie hatte keine Wirkung auf ihn. Er trank seinen Whisky mit einem langen Schluck aus und stand auf. »Es war ein Fehler, dass ich hierhergekommen bin.«

Sie stand auch auf und stellte dabei ihr Glas auf den niedrigen Tisch zwischen ihnen. »Wohin gehst du?«

So weit hatte er nicht gedacht. Ein Teil von ihm wollte alle Männer jagen, die heute Abend Noras Tanzkarte gefüllt hatten, und sie verprügeln. Natürlich würde er das nicht tun. Außerdem hatte er schon genug Aufmerksamkeit erregt, indem er überhaupt zu diesem verdammten Ball gegangen war. Warum hatte er das getan? Weil er Nora sehen wollte. Das war unerlässlich gewesen. Nach ihrem Kuss war er von den Gedanken an sie völlig verzehrt worden.

Isabelle kam um den Tisch herum und stand vor ihm. Sie berührte seine Brust, zuerst zögerlich, und drückte dann ihre Handfläche gegen seinen Umhang. »Du könntest bleiben.«

Er legte seine Hand über ihre und führte sie sanft von sich weg. »Danke, aber nein. Ich denke, du solltest einen neuen Beschützer wählen. Ich sorge für dich, bis du einen findest.«

Sie schmollte, aber auf eine durchaus attraktive Weise, als ob sie den Ausdruck durch jahrelange Übung perfektioniert hätte. »Ich würde lieber dich behalten.«

»Ich fürchte, das ist keine Option. Es tut mir leid.« Er entfernte sich von ihr und ging zur Tür, die in den Flur führte.

»Es tut mir auch leid. Sie ist eine glückliche Frau.«

Beinahe hätte er gelacht. Sie war alles andere als das. Bis jetzt. Jetzt boten sich ihr alle Möglichkeiten, sich in dem Leben zurechtzufinden, das sie sich immer gewünscht hatte. Ein Leben, an dem er nicht teilhaben würde.

~

*N*ora konnte nicht schlafen. Sie sollte in den Armen von Morpheus ruhen, aber ihr Gehirn wollte einfach nicht abschalten. Wieder und wieder durchlebte sie ihre Zeit auf dem Ball mit Titus. Und ihren Kuss.

Sie schlich sich nach unten in die Bibliothek, um ein Buch zu finden. Vielleicht würde ihr das helfen, sich zu entspannen.

Doch das Gegenteil geschah, als sie die Tür öffnete und erstarrte. Titus stand vor einem der Bücherregale, mit einem Glas Whisky in der Hand.

Er erblickte sie an der Schwelle stehend und seine Blicke glitten über sie. Die Begutachtung war langsam, absichtlich und berauschend. »Nochmals guten Abend, Miss Lockhart.«

»Was machen Sie hier?«, platzte sie heraus und verfluchte sofort zum tausendsten Mal ihre lose Zunge. »Ich bin sicher, es geht mich nichts an. Ich lasse Sie allein.« Sie drehte sich um, fühlte aber, wie sich die Luft bewegte. Dann lag seine Hand auf ihrem Arm.

»Bleib.« Er sagte oft nur einzelne Worte, schaffte es aber, sie mit solcher Intensität zu färben, dass sie viel mehr Bedeutung hatten. So empfand es zumindest ihr überspannter Verstand. Er sagte: »Bleib«, aber sie hörte Wärme und etwas mehr – etwas anderes als eine einfache Einladung. Etwas Ähnliches wie das, was sie fühlte: Verlangen.

Sie neigte ihren Kopf und sah nach unten, wo seine Finger den Ärmel ihres Nachthemdes streichelten. Sie erkannte, dass sie nur dürftig gekleidet war. Das war mehr als skandalös.

Sie wandte sich ihm zu. »Ich sollte nicht.«

Er zuckte mit den Schultern. »Niemand wird es erfahren.« Er blickte auf das Glas in seiner anderen Hand. »Möchtest du einen Drink?«

Sie blickte ihm in die Augen. »Das erscheint mir kaum angemessen.«

»Nichts daran ist es, also warum sollten wir uns darum kümmern?« Er zog sie sanft weiter in den Raum und ließ sie dann kurz stehen, um die Tür zu schließen. Nein, an all dem war absolut nichts angemessen. Sie sollte gehen, aber sie konnte es einfach nicht. Sie wollte diesen Moment für sich selbst. Sicherlich hatte sie es sich verdient.

»Whisky?«, fragte sie.

»Ja.« Er ging zum Sideboard. »Ist dir das genehm oder möchtest du lieber Sherry?«

Sherry war die femininere Wahl, aber sie hatte mit ihrem Vater ein oder zweimal Whisky probiert. »Ich sollte Sherry sagen, aber ich glaube, ich nehme Whisky.«

Er lachte in sich hinein. Sie liebte diesen Klang. Nicht

nur, weil es eine köstliche Mischung aus dunkel und berauschend war, sondern auch, weil sie vermutete, dass er das vor den meisten anderen Leuten nicht getan hätte. Sie hatte irgendwie seinen Schutzwall durchbrochen. Es war ein einzigartiger Nervenkitzel.

Er reichte ihr das Glas und ihre Finger berührten sich kurz. Ihre Blicke trafen sich, aber auch das war viel zu kurz. Er ging zurück zum Bücherregal. »Um deine Frage zu beantworten, ich bin gekommen, um ein Buch zu holen.«

Sie trank aus dem Glas und erstickte ein Husten, als die feurige Flüssigkeit über ihre Zunge brannte und ihre Sinne weckte. »Du hast keine Bücher?«

Er drehte sich um, um sie anzusehen. »Natürlich habe ich Bücher. Ich habe sie einfach alle gelesen.«

»Alle von ihnen?«

Er deutete auf das Bücherregal. »Und leider fast alle von denen.«

»Was ist mit deiner Bibliothek in Lakemoor? Hast du die auch alle gelesen?«

»Nicht ganz. Sie ist ziemlich umfangreich. Du solltest sie dir einmal ansehen.«

Wie sehr ihr das gefallen würde – und das hatte nichts mit ihrer Leidenschaft für Bücher zu tun. Sie wollte sein Zuhause sehen. »Das würde mir gefallen. Vielleicht finde ich einen Grund zu kommen.«

»Ich habe dir gerade einen gegeben.«

Ihre Lippen bogen sich nach oben, als sie ihn mit Verwirrung anstarrte. »Du scheinst zu denken, dass Menschen tun können, was sie wollen, wann immer sie wollen. Das Leben ist für die meisten Menschen leider nicht so einfach oder unkompliziert.«

Seine Augen verengten sich kurz. »Nein, ich nehme an, das ist es nicht. Ich entschuldige mich. Du bist mir jederzeit willkommen.« Er wandte sich wieder dem Bücherregal zu und stellte sein Glas auf den Rand vor einen besonders dicken Wälzer.

Sie hatte nicht vorgehabt, ihn zu verärgern. »Ich würde das auch gern können – alles tun, was ich will. In St. Ives war das beinahe möglich. Niemand kümmerte sich darum, was ich tat, das war ziemlich befreiend.«

Er hielt ihr weiter den Rücken zugewandt. »Das kann ich mir vorstellen, nachdem ich erlebt habe, wie es in London ist. Junge Damen wie du werden auf schreckliche Weise hinterfragt.«

Sie schloss sich ihm am Bücherregal an. »So wie Verbotene Herzöge. Daraus lässt sich schließen, dass London, oder besser gesagt die Gesellschaft, das Problem ist.«

Er blickte zu ihr hinunter. »Genau. Du würdest Unabhängigkeit genießen? Aber natürlich würdest du das tun. Welcher Narr würde das nicht?«

Jetzt war es an ihr zu lachen. »Ich glaube, einige der Damen, die ich in meinen früheren Saisonen getroffen habe, täten das nicht. Ich bin mir nicht sicher, ob sie wissen würden, was sie mit sich selbst anfangen sollen.«

Jetzt drehte er sich um. Er lehnte seine Schulter gegen das Bücherregal. Sein Blick streichelte sie und sie musste den Drang bekämpfen, auf ihn zuzugehen. »Was würdest du gern tun? Erzähl es mir.«

Nora nahm noch einen Schluck Whisky. Glücklicherweise lief dieser Schluck weitaus leichter ihre Kehle hinab. »Wenn ich alles tun könnte, was ich wollte?« Auf sein Nicken hin fuhr sie fort. »Ich würde auf dem Land leben. Mich an einigen der Attraktionen Londons erfreuen – dem Museum, zum einen – aber es würde mir nicht gefallen, die ganze Zeit hier zu sein. Ein Dorf wäre schön. Ich liebe Markttage.«

»Würdest du allein leben?« Er schien wirklich interessiert zu sein.

»Es wäre mir lieber, einen Rückhalt zu haben. Vielleicht ein Ehepaar – eine Frau, die im Haushalt und der Küche hilft, und ihr Mann, der mir mit dem Land und der Verwaltung hilft.«

»Du hast das durchdacht«, sagte er.

Sie lächelte und genoss dieses Gespräch. Genoss ihn. »Gerade eben, genau genommen.«

»Abgesehen von deinen Gefolgsleuten, gäbe es noch jemand anderen? Vielleicht ein Ehemann? Ich dachte, das wäre es, was du wolltest.«

Das hatte sie auch gedacht, aber jetzt, da es in Reichweite schien, war sie sich nicht sicher. Sie dachte immer wieder an ihre Schwester. »Meine Schwester hat sich mit dem örtlichen Pfarrer vermählt. Sie scheint ausreichend glücklich zu sein, aber ich glaube nicht, dass sie zufrieden ist.« Nora schüttelte den Kopf. »Ich wage zu behaupten, dass das keinen Sinn ergibt.«

»Im Gegenteil, ich verstehe dich vollkommen. Du willst nicht in ihre Fußstapfen treten. Wenn du heiratest, möchtest du mehr.«

Er *hatte* es verstanden. »Ich denke, ich bin vielleicht doch zu alt für dieses Unterfangen. Ich fühle mich in gewisser Hinsicht undankbar. Lady Satterfield war so freundlich und großzügig.«

Der Raum zwischen ihnen wurde kleiner. Sie erkannte, dass er sich nach vorne bewegt hatte.

»Du solltest das nicht auf diese Weise betrachten. Meine Stiefmutter kann nicht wollen, dass du etwas tust, was du nicht magst. Wenn du deine Absicht in Bezug auf einen Ehemann geändert hast, musst du es ihr sagen.«

Nora hatte es schwer, sich auf ihr Gespräch zu konzentrieren. Seine Nähe bewirkte, dass sie keinen klaren Gedanken mehr fassen konnte. »Ich habe meine Meinung nicht wirklich geändert. Ich denke nur, dass ich lieber unverheiratet bleiben möchte, anstatt die falsche Person zu heiraten.«

»Du bist eine weise Frau, Nora.« Er schloss seine Augen kurz und als sie sich wieder öffneten, war das Grün so scharf und brillant, dass Nora fast blinzelte. »Ich entschuldige mich, ich wollte nicht zu weit gehen.«

Fast hätte sie ihn eingeladen, genau das zu tun, aber sie erwischte sich, bevor die Worte ihren Lippen entweichen konnten. Sie war ein wenig überrascht, dass es ihr gelang, denn sie fühlte sich, als wäre sie in Trance geraten. Eine, aus der sie nicht sonderlich gern auftauchen würde.

»Du hast versprochen, mir zu sagen, wie du alle ignorierst«, sagte sie. »Wirst du es mir jetzt sagen?«

Er wölbte seine Stirn. »Es ist ein gut gehütetes Geheimnis – das Herzstück meines Rufs als Verbotener Herzog.« Er verdrehte die Augen und beeindruckte sie ob seines Benehmens. Er schien so … zugänglich zu sein. Überhaupt nicht verboten. »Es ist ein widersinniger Name.«

»Aber dennoch irgendwie verwegen. Wir wollen das, was wir nicht haben können, nicht wahr? Dich verboten zu nennen, macht dich ungemein verlockend.«

Er lehnte sich noch näher heran. »Tut es das?«

Noras Atem stockte in ihrer Brust. Ihre Haut fühlte sich an, als stünde sie in Flammen. Verlangen und Begierde bündelten sich in ihrem Bauch. Trotz ihres inneren Aufruhrs gelang es ihr, sich ruhig zu halten. »Ja.«

»Dann sollte ich für dich verboten sein.«

Jedes Gebet, das sie hätte sprechen können, um ihre unangemessenen Gedanken für sich zu behalten, verflog völlig. »Das ist eine Schande, denn ich hatte zu hoffen gewagt, dass du mich noch einmal küssen würdest.«

»Ich hatte gehofft, dass du mich darum ersuchen würdest.« Er zögerte nicht, bevor sein Mund den ihren beanspruchte. War er zuvor langsam vorgegangen, ging er es dieses Mal forscher an. Seine Lippen waren hartnäckig, seine Zunge verlangte nach unverzüglichem Eintritt. Sie öffnete ihre Lippen für ihn und machte sich daran, seine Schultern zu umfassen, bevor sie sich gewahr wurde, dass sie noch immer ihr Whiskyglas in der Hand hielt.

Er schien ihre Gedanken gelesen zu haben, da sich seine Finger für einen kurzen Moment um ihre legten. Er nahm ihr das Glas ab und sie hörte ein leises Klirren, als er es auf dem Bücherregal abstellte.

Seine Arme schlangen sich um ihre Taille und er zog sie eng an seinen Körper. Ihr Morgenmantel und ihr Nachthemd boten kaum Schutz vor der Hitze und dem Druck seines Körpers. Aber sie wollte keinen Schutz. Im Gegenteil, sie wollte ihn nackt an sich spüren. Sie berührte seine Brust und fuhr mit den Händen über seinen Rock, bis sie seine nackte Haut über dem Kragen seines Hemdes fand. Sie schlang ihre Finger um seinen Nacken und ließ sie durch die seidigen Enden seiner Haare gleiten.

Seine Zunge leckte tief in ihren Mund. Erregung durchströmte sie und schickte Hitze in den Bereich zwischen ihren Schenkeln. Nie war ein Mann ihr näher gewesen, aber es war nicht nah genug. Sie zerrte an seinen Haaren und presste sich gegen ihn.

Er drückte ihre Taille und küsste sie fast wild. Aber oh, es war so wunderbar. Sie hatte sich nie vorgestellt, dass es so viel Vergnügen und ein so tiefes Begehren geben konnte.

Plötzlich zog er sich zurück und trat einen Schritt zur Seite. »Nora, das ist keine gute Idee.« Er starrte sie an, seine Lippen öffneten sich, sein Atem ging stoßweise.

Natürlich war es eine schreckliche Idee. Es gab so viele Gründe, warum sie nach oben laufen sollte, nicht zuletzt die Tatsache, dass er der Sohn ihrer Gönnerin war oder dass sich die Geschichte ihres Ruins durchaus wiederholen konnte. Außer, dass sich das anders anfühlte. Haywood hatte sie irregeführt, sie *getäuscht*. Bei Titus fühlte sich das richtig an, auch wenn die Gesellschaft sie für ihr empörendes Verhalten verdammen würde. »Du hast leider recht. Es spielt keine Rolle, dass ich dich will – und das tue ich, sehr leidenschaftlich.«

Sie fühlte keine Scham, obwohl die Anstandsregeln der vornehmen Gesellschaft besagten, dass sie es sollte. Sie spürte jedoch den Zwang der Schicklichkeit und aus diesem Grund sollte sie gehen. Ungeachtet dessen waren ihre Füße wie aus Blei und ihr Verstand steckte in diesem Moment fest.

Seine Augen waren dunkel von etwas, von dem sie sicher war, dass es Lust war, aber auch Vorsicht. »Du bist eine größere Verlockung, als meine männliche Vernunft aushalten kann.«

»Ich fürchte, meine Logik floh genau zu dem Zeitpunkt, als du sagtest, dass du für mich verboten sein würdest. Ich will, was ich nicht haben kann, Titus. Ja, ich werde dich Titus nennen, da du mich Nora nennst.«

»Es scheint oder klingt nicht so, als würde einer von uns so vernünftig sein, diesen Raum zu verlassen.«

Sie konnten die Augen nicht voneinander lassen und blieben bewegungslos stehen, als würden sie sich noch immer umarmen. Nora konnte sich nicht durchringen, dies mit ihrer Dummheit vor neun Jahren zu vergleichen. Sie hatte damals die Konsequenzen nicht ganz bedacht, noch hatte sie diese Tiefe des Begehrens oder der Emotionen erlebt. »Ich kann mich einfach nicht von dir fernhalten.«

Sie wollte wie er sein, sich nicht darum kümmern, was andere dachten. Aber konnte sie wirklich ihre Zukunft wegwerfen, um diese Nacht mit diesem Mann zu verbringen? Die Worte kamen aus ihrem Mund, sobald sie ihr in ihren Kopf schossen: »Niemand wird es erfahren.«

Er blinzelte sie an. »Wie bitte?«

»Ich sagte, niemand wird es erfahren. Was wir hier tun …

niemand wird es erfahren. Das gesamte Personal schläft oben, außer dem Lakaien, der wahrscheinlich auf seinem Posten schläft, nachdem er dich hereingelassen hat.« Sie würde nicht ruiniert werden. Ihre Zukunft könnte gesichert sein – nach allem, was er für sie getan hatte, vertraute sie ihm, dass er das gewährleisten würde. Sie wiederholte sich, aber diesmal mit dem Hauch einer Frage. »Niemand wird es erfahren?«

Er schüttelte den Kopf und seine Augen brannten vor intensiver Verheißung. »*Niemals.*«

»Außer uns«, sagte sie leise. Eine warme Erwartung breitete sich in ihr aus, als sie ihre Entscheidung traf. »Ich möchte, dass du bleibst. Hier. Mit mir. Und ... weitermachst. Ich bin nicht mehr das unbedarfte Mädchen, das ich war, und ich bin mir des Risikos bewusst, das ich eingehe. Ich weiß nicht, was meine Zukunft bringt. Ich *will* diese Nacht. Ich will *dich.*« Sie zitterte vor Aufregung und Besorgnis. Würde er schlecht von ihr denken? Schlimmer noch, würde er sie abweisen?

»Nora, bist du sicher? Es gibt Dinge ...«

Sie ging schnell zur Tür und drehte den Schlüssel im Schloss um, dankbar, dass es überhaupt einen besaß. Dann trat sie auf ihn zu und legte ihren Finger auf seine Lippen. »Shh. Ich möchte jetzt nicht über diese Dinge sprechen. Ich habe über diese Nacht hinaus keine Erwartungen an dich. Ich werde verstehen, wenn deine Ehre es erfordert, dass du dich von mir verabschiedest und gehst, aber ich würde es viel lieber sehen, wenn du bleibst.«

Er schlang seine Hand um ihre und zog ihre Fingerspitze von seinem Mund. »Was ist Ehre im Vergleich zu diesem Geschenk? Du kannst mich haben. Aber es ist deine Entscheidung. Ich möchte, dass du deine Macht entfaltest.«

Oh Gott, das würde sie tun.

Er öffnete seinen Rock mit langsamen, sorgfältigen

Bewegungen seines Daumens und seiner Finger. Er schälte das Kleidungsstück von seinen Schultern und warf es auf den Stuhl. Dann wiederholte er den Akt mit seiner Weste. Als seine Finger an seiner Krawatte zerrten, wurde sein Blick noch dunkler und die Pupillen wurden größer. Als sie zusah, wie er das Halstuch wegzog und die Haut seines Halses freilegte, fühlte sie sich wie die mächtigste Frau der Welt. Dieser Mann gehörte ihr.

Sie würde dieses Stück der Gleichberechtigung, diese Macht beanspruchen und sie nutzen. Für die letzten neun Jahre. Für die Zukunft und was auch immer sie bringen würde.

Für sich selbst.

Sie löste den Gürtel an ihrer Taille und ließ ihren Morgenmantel von den Schultern rutschen und auf den Boden fallen. Tief durchatmend, zog sie mit einer einzigen, schnellen Bewegung ihr Nachtgewand über ihren Kopf, damit sie nicht den Mut verlor. »Zeig mir, was zu tun ist.« Sie sah ihm in die Augen und für einen Moment konnte man das Verlangen zwischen ihnen fast mit den Händen greifen. Sie hielt den Atem an.

»Du bist wunderschön.« Er trat einen Schritt auf sie zu, sein Blick wanderte in gieriger Absicht über sie.

Sie bewegte ihre Hand, um sich zu bedecken, aber er streckte seine aus und hielt sie auf. »Bitte. Nicht. Ich will dich nur anschauen. Darf ich?« Er hob seinen Blick zu ihren Augen und sie erkannte darin starkes Verlangen, aber auch Liebenswürdigkeit. Wenn sie nein sagen würde, würde er sie gehen lassen. Daran zweifelte sie nicht.

Sie ließ ihre Hand auf die Seite fallen und zwang sich zur Entspannung. Es würde nie wieder so eine Nacht geben. Sie wollte in das Erlebnis eintauchen. In ihn.

Er kam näher und verweilte vor ihr, während sein Blick auf ihre Brust fiel. Ihre Brüste kribbelten unter seiner Begutachtung. Sie hatte sich nicht vorstellen können, dass sie sich so empfindlich anfühlen konnten, ohne dass er sie berührte. Er bewegte sich zu ihrer Seite – langsam, sein Blick erkundete sie auf eine Weise, von der sie nicht sicher war, ob seine Hände es könnten.

Sie fühlte sich verletzlich, so nackt vor ihm stehend. Sie war noch nie so erregt gewesen, hatte sich nie auch nur erträumt, dass es ein solches Gefühl geben könnte.

Er trat hinter sie. Sie fühlte seinen Atem an ihrem Hals. Er war ganz nah. Aber nicht so nah, dass er sie berührte. Ein Schaudern kitzelte ihre Wirbelsäule. Ihre Brüste zogen sich zusammen. Sie blickte nach unten und sah, wie ihre Brustwarzen hart geworden waren.

Er kam um ihre andere Seite herum und so wieder in ihr Gesichtsfeld. Sein dunkler Kopf war gebeugt. Sie fing seinen Duft nach Sandelholz ein. Er verstärkte nur ihre Erregung.

Sie wollte ihn genauso ansehen, wie er sie betrachtete. »Du trägst viel zu viele Kleider.« Das war alles, was sie in der Lage war in Worte zu fassen. Ihre Stimme bestand aus kleinen, harten Kieselsteinen.

»Wohl wahr.« Er setzte sich auf die Kante des Stuhls und zog seine Stiefel aus. Seine Strümpfe folgten, als er sie in schneller Folge abstreifte.

Er stand auf und zog die Zipfel seines Hemdes aus seiner Hose. Sie ging zu ihm und bedeckte seine Hände mit ihren. »Darf ich?«

Er sah sie an, seine Augen schimmerten wie Smaragde. »Ja.« Seine Hände hielten inne und fielen dann zu seinen Seiten. Sie zog das Hemd heraus und enthüllte seine Haut. Er war unglaublich muskulös, die Ebenen seines Bauches waren wie bei einer Statue geformt.

Er hob seine Arme, als sie das Kleidungsstück über seinen Kopf zog. Sie ließ die Wäsche auf den Boden fallen, ohne Rücksicht darauf, wo sie landete. Die Gedanken flohen aus ihrem Gehirn wie Bienen vor einem Regenguss. Sie war absolut sprachlos ob seiner Schönheit.

Im Gegensatz zu ihm konnte sie sich jedoch nicht zurückhalten, ihn zu berühren. Sie streckte die Hand aus und liebkoste mit ihren Fingerspitzen den Bereich zwischen seinem Bauch und seiner Brust. Er war warm und glatt und hart.

Er zuckte zusammen und atmete scharf ein.

Sie zog ihre Hand weg und sah wieder auf sein Gesicht.

Er fand ihre Hand und legte sie wieder auf seine Brust, diesmal höher, wo sie nicht glatt war, sondern mit dunklem Haar überzogen. »Nicht aufhören. Es sei denn, du willst es.«

Das wollte sie nicht. Sie legte ihre Handfläche flach gegen ihn und genoss das Gefühl seines Haares und die Wärme seiner Haut darunter.

»Nora«, krächzte er. »Ich würde dich auch gerne berühren. Darf ich?«

Sie erkannte, dass sie nicht um Erlaubnis gebeten hatte, aber es schien ihm nichts auszumachen. Sie fühlte sich geschmeichelt, dass er es in Erwägung gezogen hatte. »Ja. Ich bitte darum.«

Sie war angespannt, begierig, aber auch ängstlich.

Er ließ seine Fingerspitzen sanft über ihre Schulter gleiten, bewegte sich nach innen zu ihrem Schlüsselbein und wanderte dann zwischen ihren Brüsten nach unten. Sie verspannte sich, aber seine Berührung war leicht und gewandt. Er glitt mit seiner Hand durch das weiche Tal und dann unter ihre rechte Brust. Seine Knöchel streichelten die Unterseite ihres Busens und jetzt war es an ihr, nach Luft zu schnappen.

Seine Hand krümmte sich und kam nach oben, wo er ihre Brust anhob. Er war immer noch unglaublich sanft und ließ sich so viel Zeit, wie sie sich nur wünschen konnte.

»Ist das schwierig für dich?«, fragte sie.

»Inwiefern?« Er wiegte sie, sein Daumen streichelte ihre Brust in immer größeren Bahnen und brachte ihn immer näher an ihre Brustwarze.

Sie war angespannt und wollte diese Berührung. Verlangte nach dieser Verbindung. »Du bist so ... kontrolliert. Ich kann kaum einen Gedanken in meinem Kopf behalten.«

»Du scheinst anzunehmen, dass es mir anders ergeht, obwohl ich nur einen einzigen Gedanken habe – dir Vergnügen zu bereiten.«

Oh Gott. Ihre Knie zitterten, ihre Oberschenkel fühlten sich an wie Wackelpudding.

Er legte seinen Arm um ihre Taille und hielt sie fest. Endlich, *endlich,* streichelte sein Daumen über ihre Brustwarze und dann geschah das Undenkbare. Er bückte sich und nahm sie in seinen Mund, seine Lippen schlossen sich um ihren Nippel.

Sie hielt ihre Hand an ihm während seiner Erkundung, aber sie wollte mehr. Sie bewegte ihre Hand zu seinem Kopf und schob ihre Finger in sein Haar. Sein Griff an ihrer Taille straffte sich, während seine Zunge um ihren Nippel strich. Die Striche waren anfangs leicht, neckend, nahmen aber an Intensität zu, bis er sie mit seinem Mund fast verschlang. Oder zumindest war es das, wie sie es beschreiben würde. Und sie konnte sich keine feinere Charakterisierung vorstellen, denn es ließ sie einen ausgeprägten Hunger verspüren. Sie war sich noch nicht sicher, wonach, aber sie wusste, dass er sie zufrieden stellen würde. Er hatte gesagt, sein einziger Gedanke sei es, ihr Vergnügen zu bereiten.

Sie schloss ihre Augen, als er sie genüsslich kostete und zu ihrer anderen Brust wanderte. Sie ließ ihren Kopf zurückfallen, während sie sich an ihm festhielt – eine Hand war in seinem Haar verwoben und die andere umschloss seine Schulter. Hitze und Verlangen strömten durch sie hindurch, bis ein wildes Verlangen zwischen ihren Oberschenkeln pulsierte. Sie wusste, was als Nächstes passieren würde, was passieren *könnte*, wenn sie es zuließe.

Sie sollte es nicht tun, aber warum auch nicht? Diese Nacht gehörte ihr. Er wollte, dass sie die Macht der Wahl hatte und sie hatte das hier gewählt.

Sein Mund verließ ihre Brust, kurz bevor sich seine Hand um ihren Nacken schlang. Sie öffnete die Augen, um zu sehen, dass er sich aufgerichtet hatte und sie ansah. Sie glaubte, er würde etwas sagen, aber er tat es nicht. Sein Mund senkte sich auf ihren, seine Lippen und Zunge verzehrten sie. Es war ein Kuss, wie sie ihn sich nie hätte vorstellen können. Sie erkannte, dass alles daran jenseits ihres Vorstellungsvermögens lag und sie fühlte einen Moment des Bedauerns, dass sie 27 Jahren existiert hatte, ohne diese Erfahrung zu machen. Ein weiterer Grund, es anzunehmen – ihn anzunehmen – so lange sie konnte. Sie schloss ihre Augen wieder und verlor sich in diesem Moment.

Er hielt ihren Kopf umfangen, während er ihren Mund plünderte, seine Zunge leckte, seine Lippen saugten. Sie versuchte, das nachzuahmen, was er tat, benutzte ihre Zunge und presste ihre Lippen auf seine, aber sie befürchtete, dass sie eine hoffnungslose Amateurin war.

Mit der Hand um ihre Taille zog er sie gegen sich. Ihre Brustkörbe trafen sich und sie stöhnte in seinen Mund. Ihre Brüste, die bereits von seinen Küssen entflammt waren, wurden noch empfindlicher. Die Empfindungen in ihren Brustwarzen pulsierten durch sie hindurch und ließen sich zwischen ihren Beinen nieder, wobei sie ihre Hüften nach vorne drängten.

Obwohl er immer noch Kleidung über seiner unteren Hälfte trug, spürte sie die Länge seiner Erregung an ihrem Unterbauch. Das Verlangen dort explodierte, aber es war nicht ganz richtig. Sie stellte sich auf die Zehenspitzen und versuchte, ihn an die richtige Stelle zu bringen. Dann streift er sie und das Feuer flackerte hinter ihren Augenlidern.

Er brach den Kuss und in einer flüssigen Bewegung, hob er sie auf seine Arme und trug sie zu dem Kanapee. Er legte sie sanft auf die Polster und betrachtete sie. Seine Kiefer waren zusammengepresst und sie hatte das Gefühl, dass er noch immer gefasst zu sein schien. Sie fragte sich, ob er sich jemals ganz gehen ließ. Es verlangte sie danach, das zu sehen.

»Nora, soll ich aufhören?«

»Jetzt? Es wird gerade interessant.« Das Vergnügen, das sie verspürte, deutete darauf hin, dass noch viel mehr kommen würde. Es war nicht vorstellbar, dass sie ihm erlauben würde, aufzuhören. »Zeig mir, was zu tun ist.«

»Du bist unübertrefflich.« Ein schwaches Lächeln hob seine Lippen. Er kniete auf dem Polster in der Nähe ihrer Füße. Er fasste den Knöchel, der an der Rücklehne des Kanapees lag, und schob ihr Bein nach oben. Dann schlang er seine Hand um den anderen Knöchel, dabei massierte sein Daumen ihre Haut. »Vertrau mir, ich werde dir Vergnügen bereiten. Wirst du das tun, mir vertrauen?«

Sie nickte, ihr Körper schrie nach Erlösung. Seine Hand glitt über ihre Wade und streichelte sie sanft, während er ihr Bein hochzog. Ihr Atem kam schneller und ihr Puls hämmerte in ihren Ohren. Er drückte seine Handfläche gegen ihren inneren Oberschenkel und enthüllte ihre empfindlichste Körperpartie.

Instinktiv versuchte sie, ihre Beine zu schließen, aber er hielt sie fest. »Vertrau mir, Nora.«

Er hielt ihr Bein so fest, während sich seine rechte Hand zwischen ihren Oberschenkeln bewegte. Seine Fingerspitzen huschten über ihr Fleisch. Ihre Hüften zuckten zurück, schockiert über den intimen Kontakt.

Er hielt sie fest und streichelte sie und löste das gleiche

Gefühl aus, das sie empfunden hatte, als sie sich gegen ihn gedrückt hatte. Aber es kam wieder und wieder und baute sich auf. Seine Berührung wurde fester, sein Daumen fand eine besonders empfindliche Stelle, die sie zum Schreien brachte. Er lehnte sich hinüber und küsste sie wieder, sein Mund war offen und nass und so wunderbar.

Sie küsste ihn zurück, begierig nach etwas, das sie vor dem Explodieren bewahrte. Dann glitt sein Finger in sie hinein und wieder hoben sich ihre Hüften vom Polster empor.

Er riss seinen Mund von ihrem und der Klang ihres abgehackten Atems erfüllte den Raum. Seine Hand setzte ihren köstlichen Angriff fort und reizte sie in eine blinde Ekstase. Ohne Absicht drehte sich ihre Hüfte in seine Berührung, in dem Verlangen nach mehr.

Sein Atem stieß gegen ihr Ohr. »Ich möchte meinen Mund an dich legen. Würdest du es mir erlauben?«

Sie versuchte, seine Worte zu verstehen, aber es war fast unmöglich, denn jetzt küsste er auch ihren Hals und entzückte ihr Fleisch. Sie neigte ihren Kopf zurück gegen das Polster und stöhnte.

»Nora, bitte.«

Sie umklammerte seinen Rücken, ihre Finger gruben sich in sein Fleisch und sie versuchte zu antworten. »Dein Mund … wo?«

Sein Finger tauchte in sie ein und wieder blitzte Licht hinter ihren Augen. »*Hier.*«

Ja, Gott, ja, ja, was immer er wollte.

Sie musste laut gesprochen haben, weil er ihren Körper hinunter wanderte, sein Mund hinterließ eine Spur von atemberaubenden Küssen. Als seine Zunge ihr Ziel gefunden hatte und dort leckte, machte sie ein schauriges Geräusch. Ein Geräusch, von dem sie nie geglaubt hätte, dass eine Frau es machen könnte.

Er ließ sich weder Zeit noch war er sanftmütig. Wie bei ihren Brüsten verschlang er sie, seine Lippen und seine Zunge brachten sie in einen immer glühenderen Zustand. Sie stieß gegen ihn und suchte nach der süßen Erlösung, von der sie wusste, dass sie kommen würde. Er saugte an dieser empfindlichen Stelle, während sein Finger in sie eindrang, und alles in ihr spannte sich an. Die Zeit schien zu erstarren, als ihr Körper krampfte. Dann explodierte die Welt.

KAPITEL ELF

*T*itus fühlte, wie ihr Orgasmus sie überrollte. Ihre Muskeln krampften sich zusammen und Feuchtigkeit überflutete seine Zunge. Ihre Erlösung, die Vollkommenheit ihrer Hingabe, war das Schönste, was er je erlebt hatte.

Sein Glied pochte in seiner Hose. Herrenmode war einfach nicht für das Liebesspiel gedacht. Er lehnte sich zurück und beobachtete sie, während er sie durch die Nachwehen ihres Orgasmus streichelte. Sie war bei weitem die schönste Frau, die er je gesehen hatte. Und es ging nicht um die blasse Vollkommenheit ihrer Brüste, den sanften Schwung ihrer Hüfte oder den Rosaton ihrer üppigen Lippen. Es ging um ihr Vertrauen in ihn und ihre Kühnheit, sich zu nehmen, was sie wollte.

Er hatte ihr Vergnügen bereiten wollen und sie hatte es angenommen. Tatsächlich hatte sie es mit beiden Händen ergriffen und war ihm auf urtümliche Weise begegnet. Er war, mit einem Wort, verzückt.

Aber er würde aufhören, wenn sie ihn darum bat. Er hatte getan, was er wollte. Eigentlich viel mehr. Er war hierhergekommen, nur um im selben Haus wie die Frau zu sein, die ihn durch und durch verzaubert hatte. Er hätte nie gedacht, dass sie zusammenkommen würden – und schon gar nicht so. Was nicht heißen sollte, dass er nicht davon geträumt hatte. Er hatte sie sich so nackt und vor ihm ausgebreitet vorgestellt, ihre Haut gerötet vor Lust – zu viele Male, um sie zu zählen.

Sie öffnete die Augen und sah ihn verwundert an.

Er zwang sich zu sprechen. »Nora, wenn du willst, dass ich aufhöre, muss es jetzt sein.«

Sie blickte auf die Ausbuchtung in seiner Hose. »Was ist mit dir?«

»Es ging nie um mich. Es ging um dich.«

»Dann bin ich noch nicht fertig.« Sie setzte sich auf und griff nach den Knöpfen seines Hosenstalls. »Wir sind noch nicht fertig.«

Er fasste ihre Hände, um sie praktisch zum Stillstand zu bringen. »Nora, wenn wir weitermachen, wirst du nicht mehr so sein, wie du bist. Verstehst du das?«

»Ich bin schon längst nicht mehr so, wie ich war. Und Gott sei Dank dafür. Gott sei Dank für dich.« Ihre Stirn war gewölbt. »Wenn du denkst, dass ich dich jetzt gehen lasse, warst du nicht sonderlich aufmerksam.«

Er genoss die leichte Verengung ihrer Augen, die dunkle Absicht in ihrem Blick. »Du bist ziemlich herrisch, nicht wahr?«

»Ja, wenn es sein muss. Titus …«

Er beobachtete, wie sie nach Worten suchte, um zu sagen, was sie wollte, und beschloss, sie zu retten. »Wenn du darauf bestehst.«

»Das tue ich.« Sie drückte seine Hand weg und fuhr mit seinen Knöpfen fort, bis seine Hose aufklappte. Dann zerrte sie an dem Kleidungsstück. »Ausziehen.«

Er stand auf und zog seine Kleidung aus, bis er nackt vor

ihr stand. Er hatte erwartet, dass sich ihr Blick auf seinen steinharten Penis fixieren würde und wurde nicht enttäuscht. Er war jedoch überrascht und hätte es vielleicht nicht sein sollen, als sie die Hand ausstreckte und mit den Fingerspitzen über seine Länge fuhr.

Sie sog scharf die Luft ein und starrte ihn weiter an, während sich an der Spitze eine Perle mit Feuchtigkeit bildete. Sie streichelte ihn wieder und berührte zaghaft den Tropfen. Sie blickte zu ihm auf. »Wonach schmeckt es?«

Er versuchte, nicht zu lachen und scheiterte. »Ich bin mir sicher, dass ich das nicht weiß.«

Sie nickte langsam, während ihr Blick wieder nach unten wanderte. »Dein Fleisch ist viel weicher, als ich es mir vorgestellt habe.« Sie rollte ihre Finger um ihn herum und wusste instinktiv, was sie tun sollte, um ihn zu beglücken. Zumindest nahm er an, dass es ein Instinkt war.

»Nora, du bist erstaunlicherweise eine Expertin darin.«

»Bin ich das?« Sie streichelte weiterhin seinen Schaft und er konnte nicht verhindern, dass sich seine Hüften nach vorne bogen. Er war kurz vor dem Orgasmus gewesen, als er sie hatte kommen lassen, hatte es aber geschafft, sich selbst zurückzuhalten. »Da ist es wieder«, murmelte sie. Dann neigte sich ihr Kopf nach vorne und ihre Zunge huschte heraus, um den nächsten Tropfen zu fangen, der auf der Spitze seines Schwanzes erschienen war.

»Großer Gott, Nora, du wirst mich umbringen.«

»Hmmm, salzig. Kommt noch mehr von … heraus … später?«

»Wenn ich einen Orgasmus habe, ja. So wie bei dir.«

»Aber dadurch könnte ich schwanger werden.« Sie runzelte die Stirn. Ihre Hand setzte ihre langsame, aber wundersame Folter fort. »Das wäre ein Problem.«

Zum Teufel ja, das wäre es. »Es gibt Vorsichtsmaßnahmen«, sagte er knapp. »Nicht unfehlbar, aber nichts ist unfehlbar.«

»Dann sollst du sie einsetzen.« Sie festigte ihren Griff und brachte ihn unwissentlich noch näher an den Rand seines Orgasmus. »Lass uns weitermachen.«

»Das haben wir die ganze Zeit gemacht. Hast du keine Ahnung, was du mit mir angestellt hast?«

Wieder hob sie tadelnd eine Augenbraue. »Ich bin kein Einfaltspinsel.«

»Nein, bei Gott, das bist du nicht.«

Er schob sie zurück auf das Kanapee und setzte sich zwischen ihre Beine. »Bitte vergib mir meine Schamlosigkeit. Ich habe absolut keine Erfahrung mit Jungfrauen.«

»Ich denke, du hast eine unzutreffende Sicht darauf, wie sich diese Begegnung entwickelt hat. Wenn du es nicht bemerkt haben solltest, ich genieße es sehr. Und ich erwarte nicht, dass sich das ändert. Du bist viel zu rücksichtsvoll.« Sie zog an seinen Hüften. »Bitte, Titus. Denke nur daran, alle notwendigen Vorsichtsmaßnahmen zu treffen.«

Ja, er würde seine Sinne bei sich behalten müssen. Als sein Penis sie berührte, befürchtete er jedoch, verloren zu sein. Er glitt in sie hinein und war sich nicht sicher, was ihn erwartete. Sie war unfassbar eng. Ihre Muskeln umklammerten seinen Schaft, als er langsam in ihre feuchte Höhle glitt.

Er neckte ihre Klitoris und spürte ihre Anspannung, je weiter er eindrang. Er liebkoste ihr Fleisch und erregte sie, bis er spürte, wie sie sich entspannte. Dann drückte er sich bis zum Anschlag in sie hinein.

Er lehnte sich nach vorne und strich mit seinen Lippen gegen ihren Schläfen. »Fühlst du dich unbehaglich?«

»Nein. Es ist ... angenehm, genau genommen. Das Gefühl, das ich zuvor hatte, das Gefühl, dass ich in zwei Teile zerreißen könnte ... ich fürchte, es könnte zurückkehren.«

Angst? »Es hat dir nicht gefallen?«

»Oh nein, ich *mochte* es sehr.«

Sie war einfach erstaunlich.

Er begann sich zu bewegen, zunächst langsam. Er wollte ihr nicht wehtun. Bald bewegte sie sich mit ihm, ihre Hüften wölbten sich nach oben. Die Reibung war jenseits von überwältigend. Er würde nicht lange durchhalten, vermutete aber, dass es das Beste war. Wenn er sie nur mit ihm kommen lassen könnte …

Er suchte wieder ihre Klitoris und bearbeitete ihr Fleisch, bis ihre Bewegungen eindringlicher wurden. Sie stieß mit ihm, der Raum füllte sich mit den Geräuschen ihrer Körper, die zusammenkamen.

Er stieß schneller und er stand kurz vor dem Höhepunkt. »Komm mit mir, Nora.« Er erkannte vage, dass sie keine Ahnung hatte, was er meinte, aber dann passierte es. Sie schrie auf und ihre Muskeln verengten sich um ihn herum. Seine Hoden zogen sich zusammen und er schaffte es gerade noch, sich herauszuziehen, um zu verhindern, dass er sich in sie ergoss. Stattdessen kam er auf ihrem Bauch, was, wie er befürchtet hatte, ziemlich schamlos war.

Machtlos, etwas anderes zu tun als seinen Samen zu leeren, streichelte er seinen Schaft, bis nichts mehr herauskam. Befriedigung – sein Innerstes durchdringend und verwirrend – erfüllte ihn. Aber was für ein Schlamassel.

»Siehst du, ich sagte, du würdest mir verzeihen müssen.« Er entfernte sich von ihr und fand seine weggeworfene Krawatte. Dann kehrte er zurück und wischte ihren Leib sauber.

»Besser dort als an dem anderen … Ort«, sagte sie und legte eine Vernunft an den Tag, die er umwerfend attraktiv fand. Zusammen mit allem anderen an ihr.

Er half ihr, sich aufzurichten, und präsentierte ihr dann ihre Nachtwäsche. Während sie sich bedeckte, machte er sich

daran, seine eigene Toilette zu betreiben. Sein Diener würde
ob des Zustands seiner Kleidung erschaudern, aber Titus war
das egal. Dies war die beste Nacht gewesen, an die er sich seit
lächerlich langer Zeit erinnern konnte. Vielleicht sogar die
beste Nacht seines Lebens.

»Das war … erstaunlich.« Ihre Erklärung schien seine
Gedanken zu spiegeln und schickte eine Welle der Freude
durch ihn.

»In der Tat.«

Sie stand von der Couch auf und band den Gürtel um
ihren Morgenmantel. »Du bist immer noch ein Mann mit
wenigen Worten.«

Er setzte sich auf den Stuhl, um seine Strümpfe und
Stiefel anzuziehen. »Ich dachte, ich hätte viel von mir
gegeben.«

Das Lächeln, was sie ihm in Erwiderung schenkte, war
schalkhaft und er wusste in diesem Moment, dass er nie
wieder in der Lage sein würde, sie anzusehen, ohne an diese
Begegnung zu denken, an das, was sie geteilt hatten. Egal,
was passierte, sie waren auf einer Ebene verbunden, die er
noch nie erlebt hatte.

»Das hast du tatsächlich«, sagte sie. »Ziemlich schockie-
rend. Ich danke dir, dass du diese … Vorsichtsmaßnahmen
getroffen hast. Aber vor allem muss ich dir danken, dass du
mir erlaubt hast, meine Neugierde zu befriedigen.«

Hoffentlich bedeutete es ihr mehr als das. Denn für ihn
war es so. »Ist es das, was es war, ein Experiment?«

Sie hob eine Schulter an. »Das nicht, aber vielleicht eine
Frage, auf die ich bis jetzt keine Antwort hatte.«

Er liebte es, wie ihr Verstand arbeitete. »Und was ist die
Antwort?«

»Dass ich darauf vertrauen kann, dass ich selbst
entscheiden kann, was ich will. Dass das, von dem ich
glaubte, dass ich es will, möglicherweise nicht das ist, was ich

mir in meinem Herzen erhoffe. Du hast mir viel zum Nachdenken gegeben. Ich schätze, ich habe vielleicht noch nicht
die richtige Antwort. Vielleicht ist das ein Gespräch, das wir
ein anderes Mal führen können.« Sie gähnte, was ihre
Aussage zu unterstreichen schien.

Dann lehnte sie sich nach vorne, küsste seine Wange und
überraschte ihn. Es war eine süße Geste. Niemand hatte das
je getan, außer seiner Stiefmutter. Es gab ihm das Gefühl von
… Sicherheit.

»Gute Nacht, Titus. Schlaf gut.« Sie ging zur Tür, öffnete
sie und schaute über ihre Schulter, bevor sie ging. »Ich weiß,
dass ich es tun werde.«

Er beobachtete, wie sie ging und holte die Whiskygläser
aus dem Regal. Er runzelte die Stirn und fragte sich, ob
jemand die Tatsache zur Kenntnis nehmen würde, dass zwei
von ihnen benutzt worden waren, und sich den Kopf darüber
zerbrechen würde, von wem. Niemand wusste, dass er im
Haus war, außer dem Diener, der Nachtdienst hatte und
unter der Treppe gedöst hatte, als er ankam.

Er trank den Whisky aus beiden Gläsern aus, stellte sie
auf das Sideboard und machte sich dann auf den Weg aus
dem Haus.

Draußen herrschte die Dunkelheit vor dem Morgengrauen, die Stadt war so ruhig, wie sie nur sein konnte. Er
weckte seinen Kutscher und wies ihn an, ihn heimzufahren.

Als er sich im Innenraum auf der Sitzbank niederließ und
seinen Kopf gegen die Rückenlehne sinken ließ, staunte er,
wie glückselig er sich fühlte. Gleichzeitig drückte sich ein
Splitter des Unbehagens in seine Gedanken. Er hatte sie
nicht ausgenutzt und dennoch hatte er sie ruiniert. Sie
könnte immer noch heiraten und das würde sie wahrscheinlich auch, aber er hatte sich das genommen, was sie ihrem
Ehemann hätte geben sollen.

Eine winzige Stimme in seinem Kopf fragte, warum er das nicht sein konnte.

Er könnte sie heiraten. Zu seiner Herzogin machen. Seiner verbotenen Herzogin. Er lächelte bei diesem Gedanken.

Sein Lächeln verblasste. Würde sie das wollen? Die Ereignisse des heutigen Abends hatten sie sehr beeinflusst. Noch bevor sie sich geliebt hatten, hatte sie von einem unabhängigen Leben gesprochen, mit der Leidenschaft eines Menschen, der verzweifelt etwas wollte, von dem er nicht glaubte, dass er es haben könnte.

Er hatte von seiner Stiefmutter genug von ihrem Hintergrund erfahren, um zu wissen, dass sie finanziell mittellos und im Grunde genommen obdachlos war. Ihr Vater schien von der nutzlosen Sorte zu sein und Titus würde gern wissen, warum er nicht besser für seine Tochter vorgesorgt hatte.

Als sich die Kutsche seinem Stadthaus näherte, war er der Entscheidung, was er als Nächstes tun sollte, nicht nähergekommen. Vielleicht, weil der nächste Zug ihrer war. Er hatte ihr heute Abend die Macht überlassen wollen – die Entscheidung – und er wollte ihr das nicht nehmen.

Heirate sie, sagte sein Verstand.

Vielleicht könnte er ihr noch einmal die Macht der freien Entscheidung anbieten.

~

*N*ora war hocherfreut, einen Tag zur Erholung zu haben. Sie war erschöpft. Obwohl sie sich nach ihrer Begegnung mit Titus müde gefühlt hatte, hatte sie nicht einschlafen können. Ihr Geist und ihr Körper waren zu sehr von Gedanken und Empfindungen überwältigt gewesen. Sie wünschte, sie hätten zusammen im Bett liegen können, Seite an Seite, und bis zum Morgengrauen geredet.

Am Nachmittag saßen sie und Lady Satterfield zusammen im Wohnzimmer im Obergeschoss und genossen ihren Tee. Lady Satterfield las und Nora schrieb einen Brief an ihre Schwester. Sie konnte nicht ganz die Worte finden, um Jo zu erzählen, was mit Titus passiert war, und sehnte sich danach, sie persönlich zu sehen.

Harley betrat das Wohnzimmer. »Lord Markham ist hier, um Miss Lockhart seine Aufwartung zu machen.«

Lady Satterfield legte ihr Buch nieder. »Tatsächlich?« Sie warf Nora einen aufgeregten Blick zu, bevor sie zu Harley zurückblickte. »Führe ihn in den Salon. Wir werden in Kürze da sein.«

Nora legte ihren Stift ab und überprüfte ihre Hände auf Tintenflecken. Sie sah auf ihr Tageskleid herab. Es war für Besucher angemessen, aber sie hatte sich nicht wirklich auf Besuch vorbereitet, da dieser Tag als Ruhetag vorgesehen war.

Lady Satterfield schien Noras Gedanken zu lesen. »Du siehst großartig aus, meine Liebe.«

Nora überlegte kurz, die Gräfin zu bitten, Lord Markham zu sagen, dass sie heute keine Besucher empfangen würden, aber dafür war es zu spät. Außerdem liebte sie es, Lady Satterfields Aufregung zu sehen.

Nora betastete ihr Haar, das zu einem einfachen Chignon frisiert war. »Ist mein Haar in Ordnung?«

»Wie gesagt, du siehst großartig aus. Komm, lassen wir den Earl nicht warten.« Lady Satterfield stand auf und ging zur Tür, die Harley offengelassen hatte.

Nora folgte ihr in den Salon.

Lord Markham war in Reitkleidung gehüllt, seine Reithose schmiegte sich perfekt an ihn. Nora konnte nicht anders, als zu bemerken, dass er seine Kleidung nicht ganz so gut ausfüllte wie Titus, aber dann bezweifelte sie, dass irgendjemand das könnte. Und nun, da sie Titus ohne jede Zierde gesehen und gefühlt hatte, fühlte sie sich durchaus qualifiziert, solche Urteile zu fällen. Auch, wenn sie skandalös unangemessen waren.

Markham bot Nora und der Gräfin eine elegante Verbeugung an. Mit einem Lächeln richtete er sich auf. »Guten Tag, Lady Satterfield, Miss Lockhart. Es ist schön, Sie zu sehen.« Obwohl der Kommentar wahrscheinlich für beide gedacht war, ließ sein entschlossener Blick es so aussehen, als würde er nur mit Nora sprechen.

Sie antwortete mit einem Knicks. »Und Sie, Mylord. Ich freue mich, dass Sie gekommen sind.« Sie wünschte, sie könnte auch nur den geringsten Nervenkitzel über sein offensichtliches Interesse an ihr spüren. Oh, es war schmeichelhaft und charmant, aber es entzündete ihre Seele nicht so, wie es ein Blick von Titus tun konnte.

»Ich wollte Ihnen für den Tanz gestern Abend danken«, sagte er.

War das erst gestern Abend gewesen? Aufgrund dessen, was danach passiert war, war Nora der Überzeugung, dass es in ferner Vergangenheit geschehen sein musste. Aber natürlich war es das nicht.

»Werden Sie später im Park sein? Möglicherweise könnten wir promenieren.« Er sah sehr hoffnungsvoll aus und für einen flüchtigen Moment überlegte Nora, ihre Meinung darüber zu ändern, den Rest des Tages zu Hause zu bleiben.

Sie schenkte ihm ein warmes Lächeln. »Eigentlich wollen wir heute einen ruhigen Nachmittag und Abend zu Hause verbringen, aber ich danke Ihnen für die Einladung. An einem anderen Tag?«

Er nickte. »In der Tat. Ich hoffe, dass Sie am übernächsten Abend an Lady Burneys Soiree teilnehmen. Lady Burney ist meine Schwester.«

Nora warf einen Blick auf Lady Satterfield. Sie konnte sich nicht erinnern, was in ihrem Kalender für den Rest der Woche stand. Es schien, als hätten die Ereignisse von gestern Abend sie in einen Hohlkopf verwandelt.

Lady Satterfield nickte subtil und veranlasste damit Nora zu antworten: »Ja. Wir freuen uns darauf.«

Er lächelte breit. »Ausgezeichnet. Ich hoffe auf den ersten Tanz. Ich werde mich verabschieden. Ich wünsche Ihnen einen erholsamen Tag, Miss Lockhart.« Er machte eine weitere Verbeugung und als er sich wieder aufrichtete, schienen sich seine Augen in ihre zu bohren.

Als er sich als Nächstes vor Lady Satterfield verbeugte, trat Harley ein. Der Butler sah zur Gräfin und sagte: »Mr. Dawson ist hier, Mylady.«

Lord Markham richtete sich auf und das Flackern einer Emotion – ein Schatten der Enttäuschung vielleicht – überflog seinen Gesichtsausdruck. Er überdeckte schnell die kurzzeitige Entgleisung, bevor er ihnen sowohl ein letztes Lächeln schenkte, als auch den Raum verließ.

»Führe ihn herein, Harley.« Lady Satterfield wandte sich an Nora. »Meine Güte. Zwei Verehrer an einem Tag. Und sie werden sich im Vorbeigehen sehen.« Ihre Augen funkelten vor Freude. »Oh, das könnte ziemlich amüsant werden!«

Vor einem Jahrzehnt, vielleicht sogar vor fünf Jahren noch, hätte Nora zugestimmt. Nun aber fühlte sie sich aufgrund dieser Vorstellung etwas unwohl. Sie mochte Markham und Dawson, aber wenn sie sie mit Titus verglich … sie musste damit aufhören!

Außer, dass sie es nicht konnte. Was in ihrem Kopf eine Fantasie war – eine Verliebtheit – war gestern Abend Realität geworden, wenn auch nur für kurze Zeit. Sie hatte einen kurzen Einblick erhalten, wie es war, in Titus' Armen gehalten zu werden, und sie befürchtete, dass sie alle anderen als unzureichend erachten würde.

Mr. Dawson stolzierte nach vorne, sein Lächeln war breit und einnehmend. Er verbeugte sich zuerst vor Lady Satterfield. »Guten Tag, Mylady, danke für Ihre Gastfreundschaft.«

»Guten Tag, Mister Dawson, das Vergnügen ist auf unserer Seite.« Sie neigte ihren Kopf und deutete dann auf Nora.

Dawson ging zu Nora und verbeugte sich eine Spur eleganter. Als er sich aufrichtete, war sein Blick hinreißend unverblümt. Nora mochte die Einfachheit und Schlichtheit dieses Mannes.

»Guten Tag, Miss Lockhart.« Sein Ton war weicher als zuvor, als er mit Lady Satterfield gesprochen hatte. »Ich freue mich so, Sie zu Hause vorzufinden. Ich frage mich, ob wir einen Spaziergang durch den Garten machen könnten?« Er schaute auf die Gräfin. »Wenn Lady Satterfield es erlaubt.«

»Natürlich.« Sie nickte. »Sie beide gehen einfach durch diese Tür hindurch und nehmen die Treppe von der Terrasse nach unten. Ich werde folgen und in der Bibliothek sitzen, wo ich Sie sehen kann.«

Nora durfte also mit Titus einen unbeaufsichtigten Spaziergang machen, aber nicht mit Mr. Dawson? Vielleicht lag das daran, dass Lady Satterfield keinen Grund hatte zu glauben, dass Titus an Nora in irgendeiner anderen Eigenschaft interessiert war, als ihr zu helfen, die Saison erfolgreich zu überstehen.

Mr. Dawson bot seinen Arm an. »Sollen wir?«

Nora legte ihre Hand auf seinen Ärmel und sie gingen durch das hintere Wohnzimmer auf die Terrasse. Sie bemerkte sofort, dass Dawsons Arm nicht die Kraft und Substanz von Titus' Arm hatte. Ihm fehlte auch Titus' robuster männlicher Duft und die einfache Aura starker

Männlichkeit, die Titus zu folgen schien. Oh, Himmel, sie war eine Närrin! Sie klang wie ein verliebtes Mädchen.

Sie wäre fast auf der Treppe gestolpert, als sie in den Garten hinuntergingen.

Das lag daran, dass sie ein verliebtes Mädchen *war*.

Sie war in Titus verliebt. Was als unerreichbare Fantasie, ein unerfüllbarer Traum, begonnen hatte, war zu ihrem innigsten Wunsch geworden. Er ließ sie sich wohl, stark und besonders fühlen. Sie hatte derartige Dinge noch nie zuvor gespürt.

»Es ist ein besonders schöner Tag, obwohl ich mir Sorgen wegen der Wolken mache, die ich am Horizont gesehen habe. Es könnte um fünf Uhr am Nachmittag nicht mehr so angenehm sein.«

Nora zwang sich, darauf zu achten, was Dawson sagte. »Ja«, war alles, was sie als Antwort herausbringen konnte, während ihr Verstand – und ihr Herz – darum kämpften, den Sinn dessen zu verstehen, was sie gerade realisiert hatte.

»Ich vermisse das Landleben«, sagte er. »So wie Sie.«

Sie hatten gestern Abend während ihres Tanzes genau dieses Thema diskutiert. Er hatte ein bescheidenes Haus in Sussex, wo er gerne mit seinen beiden Jungen im Alter von fünf und sieben Jahren fischte und wanderte. Nora hatte sich für die offensichtliche Liebe erwärmt, die er für sie empfand. Sie bezweifelte nicht, dass sie dort glücklich sein würde. So glücklich, wie sie in St. Ives war, wenigstens und wahrscheinlich noch mehr.

»Ja. Ich gebe zu, dass dieser strenge Zeitplan ein wenig überwältigend ist. Tatsächlich genießen Lady Satterfield und ich heute eine geruhsame Pause.«

Er drehte den Kopf und sah sie bestürzt an. »Und ich habe es hiermit verdorben. Ich hätte an einem anderen Tag vorbeischauen sollen.«

Sie wollte nicht, dass er sich schlecht fühlte. »Es ist schon in Ordnung.«

Er setzte den Weg fort, der den kleinen Garten umgab. »Das nehme ich an, da Sie auch Markhams Besuch akzeptiert haben.«

Lag da ein Hauch von Verärgerung oder vielleicht Eifersucht in seiner Stimme? Sie beschloss, es zu ignorieren, wenn dem so war.

Er räusperte sich. »Darf ich fragen ... das ist ... muss ich mir Sorgen ob meiner Konkurrenz machen?«

Nun, das war etwa so freimütig, wie er bereits seine Absichten verkündet hatte. »Es gibt keine Konkurrenz, Mister Dawson.«

»Sie unterschätzen sich selbst, Miss Lockhart. Sie sind sehr beliebt geworden. Ich fürchte, meine Chancen um Ihre Hand schwinden.« Er hielt sie hinter einer Strauchrabatte an, so dass sie teilweise von Lady Satterfields Blick aus dem Bibliotheksfenster verdeckt waren. Er drehte sich um und sah sie ernsthaft an. »Lassen Sie mich klarstellen, dass ich an Ihrer Hand interessiert bin.«

Nora zuckte innerlich zusammen. Er war so freundlich, so lieb. Doch sie konnte sich nicht davon abhalten, sich nach einem anderen Mann zu sehnen, der nicht an der Ehe interessiert war. Sie sollte Mr. Dawson nichts vormachen, aber er war wohl ihre einzige Chance auf die Art von Zukunft, die sie wollte.

Sie war sich nicht sicher, wie sie reagieren sollte. Sie wollte ihm keine falschen Hoffnungen machen, nicht, wenn ihre Gedanken so aufgewühlt waren. »Ich fühle mich so geehrt ob Ihrer Aufmerksamkeit, Mister Dawson. Wahrhaftig. Aber ich bin noch nicht bereit, eine Entscheidung über meine Zukunft zu treffen.«

»Ich verstehe. Ich bin sehr geduldig.« Er blickte auf das Haus und als er sich wieder umdrehte, verzogen sich seine

Mundwinkel kurz, als ob er an der Innenseite seiner Lippe kaute. Etwas an seinem Verhalten widersprach dem, was er über Geduld gesagt hatte.

Nora begann wieder zu laufen, begierig darauf, diese Unterredung zu beenden, damit sie mit ihren Gedanken allein sein konnte. Es hatte nie einen besseren Tag für sie und Lady Satterfield gegeben, um sich zurückzuziehen. »Ich weiß Ihr Verständnis zu schätzen. Sie haben mir viel zum Nachdenken gegeben.«

»Ich hoffe, Sie stimmen mit mir überein, dass wir hervorragend füreinander geeignet sind. Ich werde keine bessere Frau finden, um meine Söhne großzuziehen.«

Seine Worte stießen scharf in ihr Herz. Es war kein offener Antrag, aber sie war sich sicher, dass einer bevorstehen würde. Sie beschleunigte ihr Tempo, bis sie die Bibliothek erreichten. Lady Satterfield ging zum Bücherregal, drehte sich ein wenig um und gab ihnen vermutlich einen Augenblick von vermeintlicher Privatsphäre, bevor Mr. Dawson sich verabschiedete.

Er nahm ihre Hand und drückte einen Kuss auf den Rücken. »Ich hoffe, Sie werden darüber nachdenken, was ich gesagt habe. Ich freue mich darauf, Sie bald wiederzusehen.« Er verbeugte sich und wandte sich dann an Lady Satterfield. »Guten Tag, Mylady.«

»Guten Tag«, murmelte sie. Dann ging er aus dem Raum.

Lady Satterfield wartete, bis er weg war, bevor sie zu Nora ging. Ihre Augen strahlten vor Erwartung. »Was hat er gesagt?«

Nora wollte nicht alle Details mitteilen. Nicht im Moment, wenn ihre Gedanken ein Durcheinander waren. Dawson wäre ein guter Ehemann. Warum konnte sie ihn nicht so sehr wollen wie Titus? »Nur, dass er mich wieder aufsuchen will.«

»Glaubst du, dass ein Antrag ansteht?«

Sehr wahrscheinlich, aber wieder wollte Nora nicht über die Einzelheiten sprechen. Erst wenn sie sich mit dem Gedanken vertraut gemacht hatte, dass sie sich in Titus verliebt hatte und akzeptierte, dass eine Zukunft mit ihm nie zustande kommen würde.

Aber warum nicht?

Weil er nicht einmal über eine Zukunft gesprochen hatte oder seine Absicht zu heiraten – weder sie noch eine andere. Und selbst wenn er es getan hätte, könnte sie wirklich seine Herzogin sein? In den letzten Tagen hatte sie begriffen, dass dieses Leben nicht wirklich das Richtige für sie war. Sie bevorzugte die Ruhe des Landlebens, die Unabhängigkeit, nach ihren eigenen Regeln zu leben, auch wenn es bedeutete, dass sie einsam war. Aber bei jemandem wie Dawson musste sie nicht einsam sein. Nein, mit jemandem wie Dawson könnte sie vielleicht alles haben, was sie wollte. Alles, außer Liebe oder zumindest Leidenschaft. Und obwohl sie vielleicht nicht ohne das leben wollte, gab es viel schlimmere Dinge.

Lady Satterfield umfasste ihre Hände. »Nun, es ist unbestreitbar, meine Liebe, du bist der Star! Da sowohl Markham als auch Dawson dich aufgesucht haben, wage ich zu behaupten, dass deine Zukunft gesichert ist.«

Nora erkannte, dass sie ihre Frage nicht beantwortet hatte, aber sie nahm an, dass es keine Rolle spielte. Lady Satterfield war erfreut und glücklich für Nora – und das wiederum machte Nora glücklich.

Ja, ihre Zukunft war gesichert. Die einzige Frage war, ob es wirklich die Zukunft war, die sie wollte.

KAPITEL ZWÖLF

Am nächsten Tag ging Titus vor der Sitzung des Oberhauses zum Mittagessen in seinen Club. Seine Stiefmutter gab an diesem Nachmittag einen Tee, aber er hatte keine Zeit, daran teilzunehmen. Nora war der Mittelpunkt seiner Gedanken gewesen und er beabsichtigte, sie bald wiederzusehen. Vielleicht würde er heute Abend nach Abschluss der Sitzung vorbeischauen.

Als er durch den Speisesaal ging, sah er Mr. Jonathan Gasper, einen Pferdezüchter mit exzellentem Bestand, allein dasitzen. Als Titus ihn hier erblickte, war er von dem spontanen Drang ergriffen, mit ihm über ein Pferd für Nora zu sprechen. Bevor er sich auf den Weg zu Gaspers Tisch machen konnte, näherte sich ihm ein Lakai.

»Eure Hoheit, ich lasse Euer übliches Mittagessen umgehend nach oben schicken.«

Titus schätzte die Fürsorge des Lakaien. »Ich werde mich zuerst mit jemandem unterhalten. Warte noch ein wenig.«

Der Lakai zögerte kurz, bevor er sagte: »Wie Ihr wünscht, Eure Hoheit.« Er begann sich umzudrehen, aber Titus hielt ihn auf.

»Und ich denke, ich würde heute lieber Hammelfleisch essen.«

Die Nasenlöcher des Lakaien flackerten. Es war nur eine winzige Bewegung, aber Titus hatte die Reaktion mitbekommen. »Selbstredend, Eure Hoheit.«

Titus kannte diesen speziellen Lakai schon eine ganze Weile. Er war mit Titus' Gewohnheiten und Vorlieben vertraut – und nun hatte Titus ihn überrascht. Zweimal.

Absurderweise war Titus amüsiert. Er fühlte sich gut. Ja, zum ersten Mal seit sehr langer Zeit fühlte er sich gut.

Er machte sich auf den Weg zu Gasper. »Guten Tag, Gasper, ich habe mich gefragt, ob ich ein Wort mit Ihnen wechseln könnte.«

Der Gentleman blickte von seiner Suppe auf und blinzelte. »Kendal. Ja, ja, sicher.« Er deutete an, dass Titus sich setzen sollte. »Werden Sie zu Mittag essen?«

Warum sollte er nicht hier essen, anstatt in seinem privaten Esszimmer? »Ja, macht es Ihnen etwas aus, wenn ich mich Ihnen anschließe?«

Gasper studierte ihn für einen Moment. »Überhaupt nicht.« Es schien, als wollte er noch etwas anderes sagen, aber er nahm stattdessen einen weiteren Löffel Suppe.

»Ich wollte mit Ihnen über den Kauf eines neuen Reitpferdes sprechen – eine sanfte Stute, etwas, das für einen Anfänger geeignet ist.« Titus signalisierte dem Lakaien, an den Tisch zu kommen.

»Wie kann ich Euch behilflich sein, Eure Hoheit?«

»Ich nehme mein Mittagessen hier ein, danke.« Er wandte sich wieder an Gasper und entließ so den Lakaien, aber nicht bevor er registrierte, dass er den Mann ein drittes Mal überrascht hatte.

Titus nahm den Abgang des Lakaien aus dem Augenwinkel wahr, bevor er seine Aufmerksamkeit wieder auf

Gasper richtete. »Ich bringe heute die Ordnung der Dinge durcheinander.«

Gasper schluckte einen weiteren Löffel Suppe und legte dann sein Besteck ab. »Weil Sie hier essen?«

»Das wird nicht erwartet, oder?«

Gasper blinzelte. »Nein.«

Er schien so zögerlich und vorsichtig zu sein wie der Lakai. War Titus so furchterregend? Nein, aber er hatte eine Mauer um sich herum geschaffen und es vorgezogen, dass niemand sie durchbrach, außer sein innerer Zirkel. Heute hatte er jedoch den Wunsch, seinen Schutzwall herunterzulassen. Nur ein klein wenig.

Er lenkte das Gespräch wieder auf Pferde und nach einer Weile servierte der Lakai sein Essen zusammen mit dem nächsten Gang von Gasper. Sie genossen ein angenehmes Mittagessen und bevor Titus es sich versah, musste er sich auf den Weg machen.

Er war im Begriff, sich zu entschuldigen, als zwei Gentlemen an ihrem Tisch vorbeikamen. »Ich kann nicht glauben, dass sie sich für Dawson entschieden hat«, sagte einer von ihnen. »Mein Geld war auf Markham gesetzt.«

Der andere Mann schüttelte den Kopf. »Warum hat sie Dawson dem Earl vorgezogen? Das ergibt für mich keinen Sinn, aber das tun Frauen nie.«

Titus stand auf. »Worüber reden Sie da?«

Die Männer blieben stehen und drehten sich langsam um. Sie sahen Titus an, als hätte er einen zweiten Kopf. Der erste Mann schluckte. »Eure Hoheit?«

Titus' Bauch verkrampfte sich. »Wovon reden Sie da? Wer?« Er befürchtete, dass er die Antwort wusste – und wie diese Männer konnte er absolut keinen Sinn darin erkennen.

»Gestern Abend wurde bei White's eine Wette platziert. Wegen Miss Lockhart – dem Protegé Eurer Stiefmutter, wie ich meine.« Der Mann klang etwas nervös, zaghaft. »Zwischen Lord Markham und Mister Dawson scheint es einen Wettstreit um ihre Hand zu geben.«

Einen verdammtem Wettstreit? Eine Wette? Der Raum schien sich zu verdunkeln und Titus' Atem drückte aus seiner Brust. »Sie sagten, sie hat sich für Dawson entschieden?«

Die beiden Männer tauschten verwirrte Blicke aus. »Augenscheinlich«, antwortete der Zweite. »Wir haben es gerade in Key's Kaffeehaus gehört.«

Die gute Laune, die Titus gerade genossen hatte, die einzige Zufriedenheit, die er seit neun langen Jahren gefunden hatte, verflog wie Rauch.

Ohne ein Wort zu sagen, drehte er sich um und ging aus dem Club, seine Fußsohlen hämmerten auf den Boden, als er sich auf den Weg zu seiner Kutsche machte. Er warf kaum einen Blick auf den Kutscher, der ihm die Tür aufhielt. »Satterfield House.«

Nach dem Einsteigen stieß er seinen angehaltenen Atem aus. Sie hatte sich für Dawson entschieden? Nachdem, was neulich Abend zwischen ihnen passiert war?

Nun, warum sollte sie nicht, du Esel? Es ist nicht so, als ob du ihr einen Antrag gemacht hättest.

Und das hätte er tun sollen. Nicht, weil es das Richtige und Ehrbare war, was es natürlich war und was sie natürlich verdiente. Sondern, weil er sie liebte. Er war unwiderruflich, hoffnungslos, verzweifelt in sie verliebt.

Er musste es ihr sagen. Auch wenn nichts dabei herauskäme, musste er teilen, was in seinem Herzen war, bevor es zu spät war. Er hatte in seinem Leben eine Person verloren – seinen Vater – ohne ihm gesagt zu haben, wie viel er ihm bedeutete, und er würde den gleichen Fehler nicht noch einmal machen.

KAPITEL DREIZEHN

*T*rotz eines herrlich ruhigen Abends zu Hause war Nora der Entscheidung bezüglich ihrer Zukunft nicht nähergekommen. Der Tee sollte in Kürze beginnen und vermutlich würden sowohl Markham als auch Dawson erscheinen. Keiner von beiden würde während einer solchen Gelegenheit um ihre Hand bitten, aber sie würden wahrscheinlich ihre eventuelle Brautwerbung vorantreiben.

Sie sagte sich selbst, dass das angemessen sei. Mehr als das. Beide wären eine ausgezeichnete Partie und Dawson hatte seine Vorteile gestern bereits aufgezeigt.

Das Rätsel lag bei Titus. Nur, dass es nicht wirklich ein Rätsel gab. Sie hatten einen spektakulären Abend zusammen verbracht, an dem keine Versprechungen ausgetauscht wurden. Sie sollte so weitermachen, als wäre es nie passiert.

Sie erstickte geradezu bei dem Gedanken.

Eine andere Möglichkeit war gestern Abend in ihre Überlegungen gesprungen, als sie versucht hatte, einzuschlafen. Was, wenn sie niemanden heiraten würde? Was wäre, wenn sie als Gesellschafterin arbeiten würde, wie sie es beabsichtigt hatte, und ihre Pennys sparen würde, damit sie es sich leisten könnte, sich auf dem Land zur Ruhe zu setzen? Zugegeben, es würde Jahre dauern. Viele Jahre. Aber was konnte sie sonst noch tun?

Allerdings konnte sie sich auch auf sich selbst gestellt nicht auf eine Wiederholung dessen freuen, was sie mit Titus erlebt hatte. Das führte sie zurück zu ihrer Wahl des Ehemannes und der Erkenntnis, dass sie nicht glaubte, dass ein anderer Mann ihr geben könnte, was Titus getan hatte. Es ging weit über die physischen Empfindungen hinaus, die er geweckt hatte. Er hatte ihr ein Gefühl von Selbstbestimmung gegeben, etwas, das sie sich nie hatte vorstellen können.

Vor neun Jahren hatte sie alles verloren, was von Bedeutung gewesen war – ihren Ruf, ihre Fähigkeit, ihre Zukunft zu sichern, ihre Fähigkeit, die Zukunft ihrer Schwester zu sichern. Vor zwei Nächten hatte sie erkannt, dass sie tatsächlich noch viel mehr verloren hatte: ihre Selbstachtung. Titus hatte ihr gezeigt, dass sie diese und so viel mehr wiedererlangt hatte.

Nora betrat den Salon, als Lady Satterfield einen Tisch mit delikaten Kuchen und leckeren Sandwiches inspizierte. Sie warf Nora einen seitlichen Blick zu. »Da bist du ja. Gerade noch rechtzeitig.« Sie richtete sich auf und neigte ihren Kopf zur Tür. »Sie treffen ein.«

In der nächsten Viertelstunde begrüßte Nora Gäste, darunter Lady Dunn, deren Gesellschaft sie inzwischen sehr genoss. Die ältere Frau war sehr erfreut zu sehen, dass Nora sich einer wachsenden Beliebtheit erfreute. Ihr stand zweifellos ein wenig Anerkennung dafür zu, da sie sich von Anfang an für Nora eingesetzt hatte.

Lady Dunn nickte in Richtung der Tür. »Dein Mister Dawson ist hier.«

Nora biss sich auf die Zunge, bevor sie sagen konnte, er sei nicht *ihr* Mr. Dawson. Sie drehte sich in ihrem Stuhl und stellte Augenkontakt her. Er lächelte sogleich und kam auf sie zugeeilt.

Er nahm ihre Hand und drückte ihr einen Kuss auf den Rücken. »Guten Tag, Miss Lockhart. Sie sind schöner als die Sonne.«

»Danke. Ich bin froh, dass Sie heute gekommen sind.«

Er sah sie erwartungsvoll an. »Darf ich Sie für eine Runde durch den Salon führen?«

Nora hätte es vorgezogen, sich weiterhin mit Lady Dunn zu unterhalten, wollte aber nicht unhöflich sein. »Sicher.«

In dem Moment, in dem Nora sich umdrehte, um Lady Dunn dafür zu danken, dass sie gekommen war, gab es einen Aufruhr. Die Gespräche nahmen sowohl an Geschwindigkeit als auch an Lautstärke über den Raum hinweg zu. Eine Frau, an deren Namen sich Nora nicht mehr genau erinnern konnte, kam auf sie zu. Ihre Augen waren aufgerissen und lebhaft, ihre Lippen zu einem erwartungsvollen Lächeln geschwungen.

»Darf ich Ihnen beiden gratulieren«, sagte sie und strahlte Nora und Dawson an.

Nora sah Mr. Dawson an und sah, dass er grinste. Welchen Grund mochte es für ihn geben zu grinsen? Es hatte etwas mit diesen mysteriösen Glückwünschen zu tun. Ein Knoten bildete sich in Noras Brust.

Dawson rückte näher an sie heran, sein Lächeln erschien vielleicht ein wenig erzwungen bei näherer Betrachtung. Er sah Nora aufmerksam an, sein Blick war durchdringend, als ob er versuchte, eine düstere Botschaft zu vermitteln, ohne ein Wort zu sagen. Dann richtete er seine Aufmerksamkeit auf die Frau. »Danke, Lady Faversham.«

»Haben Sie einen Hochzeitstermin festgelegt?«, fragte Lady Faversham.

»Was höre ich da?«, fragte Lady Dunn. Sie sah zwischen Nora und Dawson hin und her. »Es gibt eine Hochzeit?« Ihr

Blick richtete sich auf Nora und es lag eine kleine Anschuldigung darin. »Ich wusste nicht, dass du verlobt bist.« Sie war verärgert, dass Nora es ihr nicht gesagt hatte. Aber es hatte nichts zu erzählen gegeben.

Nora öffnete ihren Mund, aber Dawsons Ellbogen drückte sich in ihre Seite, als er eilig darauf antwortete: »Ja, eine Hochzeit. Danke für Ihre Beglückwünschung.« Er neigte seinen Kopf nach unten, um Lady Dunn anzusprechen. »Ja, wir haben uns gestern einander versprochen.«

Sie hatten nichts dergleichen getan! Konnte er irgendwie annehmen, dass eine Einigung erzielt wurde, als sie durch den Garten gegangen waren? Das konnte er nicht. Sie hatte ihm keine Zusicherungen gegeben, geschweige denn eine Antwort auf einen Antrag, den er nicht gemacht hatte.

Sie drehte ihren Kopf, um ihn anzustarren und sah etwas in seinen Augen, das sie innehalten ließ – Furcht. Was war hier im Gange? Warum hatte er das getan?

Dawson nahm ihre Hand und sie versuchte instinktiv, sie wegzuziehen. Er drückte ihre Finger und zog daran, bis sie ihn ansah. Er lehnte sich leicht nach vorne und flüsterte: »Bitte stimme mir einfach zu. Ich verspreche, es wird alles gut werden. Vertrau mir.«

Ihm vertrauen? All die Kraft, die sie gestern Abend gespürt hatte, entwich, so dass sie sich kalt und hoffnungslos fühlte. Die Menschen um sie herum lärmten und das Geschwätz im Salon hatte ein fast ohrenbetäubendes Crescendo erreicht.

Und dann hörte es ganz einfach auf.

Alle Köpfe drehten sich zur Türöffnung. Auf der Schwelle stehend, mit einem Gesicht so dunkel wie eine Sturmwolke, war Titus.

Der Knoten in Noras Brust löste sich, als sie ihn sah, aber dann wurde er sofort wieder enger, als sie seine Wut registrierte. Er wusste von der Verlobung. Die nicht einmal echt war.

Sie starrte ihn an und hoffte, das zu tun, was Dawson zuvor versucht hatte – zu kommunizieren, ohne etwas zu sagen. Sie versuchte zu vermitteln, dass sie nicht verlobt war, dass sie Dawson nicht wollte. Ja, sie wusste in diesem Moment, dass sie ihn oder Markham oder sonst jemanden nicht hinnehmen würde. Nicht, solange sie Titus wollte. Sie zog ihre Hand aus Dawsons Griff und wich vor ihm zurück.

Titus unterbrach den Blickkontakt nicht, als er langsam in den Raum ging. Die Menschen wichen ihm aus und trotzdem sprach niemand. Er hielt nicht an, bis er etwa einen Meter vor Nora stand.

Dawson versuchte, ihre Hand wieder zu nehmen und flüsterte: »Lass uns einen Spaziergang machen.«

Sie hielt Augenkontakt zu Titus und drängte ihn, etwas zu tun. *Etwas* zu sagen.

Titus streckte seinen Arm aus. »Gehen Sie mit mir spazieren.«

Sie legte ihre Hand auf seinen Ärmel und sie gingen geradewegs zurück durch das Wohnzimmer zur Terrasse. Als er draußen war, schloss er die Tür hinter ihnen. Das könnte einen Skandal auslösen, allerdings schien das ganze Ereignis dazu bestimmt zu sein, ihren neu gewonnenen Status zu ruinieren. Sie hätte sich nicht weniger sorgen können.

Titus entzog sich ihr und ging zum Rand der Terrasse, die über den Garten darunter blickte. Er drehte sich um, sein Gesicht nur etwas weniger grimmig als bei seiner Ankunft. »Erzähl mir, was passiert ist.«

»Ich weiß es nicht.«

»Bist du mit ihm verlobt?« Die Frage war schroff, knapp.

»Nein.«

»Warum denkt dann ganz London, dass du es bist?«

»Möglicherweise war er es, der diese Lüge verbreitet

hat?« Sie atmete tief durch und versuchte, die Bestürzung aus dem Kopf zu schütteln. »Er ist erst vor wenigen Minuten angekommen. Jemand anderes – Lady Faversham – gratulierte uns zu unserer Verlobung. Ich weiß nicht, woher sie davon gehört hatte. Ich erinnere mich, dass er zu ihr sagte, dass wir uns gestern einander versprochen haben. Er machte mir gestern seine Aufwartung und wir schlenderten durch den Garten. Er machte seine Absicht, mir den Hof zu machen, deutlich, aber er bat mich nicht, ihn zu heiraten.«

Titus lehnte sich gegen das Geländer der Terrasse zurück. Er massierte für einen Moment seinen Nasenrücken, ließ dann seine Hand fallen und fixierte sie mit seinen Augen, die wie Smaragde funkelten. »Was willst du?«

Ihr Verstand war völlig durcheinander. Alles geschah so schnell. »Was meinst du damit?«

»Möchtest du Dawson heiraten? Ich dachte, du würdest ein anderes Leben bevorzugen – vielleicht sogar ohne Ehemann. Ich weiß, dass du deine Eigenständigkeit schätzt.«

Nora begann sich zu entspannen. Hier war der Mann, der sie verstand. »Nein, ich will ihn nicht heiraten, aber er hat ein schreckliches Chaos angerichtet. Wenn ich sage, dass wir keine Verlobten sind, werde ich diejenige sein, die darunter leidet.«

»Du wirst nicht leiden. Das verspreche ich dir.« Die einfache Klarheit in seinem Blick ließ sie an seine Worte glauben. Wenn jemand sie beschützen konnte, wusste sie, dass es Titus war.

Sie verspannte sich wieder, aber vor Vorfreude statt vor Sorge. »Wie das?«

Er kam auf sie zu und nahm ihre Hände in seine. »Sie reden über mich, sie stellen mich als etwas dar, was ich nicht bin. Ich ignoriere sie. Ich habe eine Fassade entworfen, um sie in Schach zu halten. Das kannst du auch tun. Als meine

Ehefrau. Heirate mich, Nora, und ich werde dir geben, was du willst – auch wenn ich es nicht bin.«

Oh, aber sie wollte ihn. Verzweifelt. Aber wollte er sie oder war er einfach der galanteste Mann, den sie je getroffen hatte?

Die Tür öffnete sich und Dawson trat auf die Terrasse hinaus. Er blickte zwischen ihnen hin und her und sein Blick fiel auf ihre verbundenen Hände. Er runzelte die Stirn. »Du wählst ihn aus?«

Nora sah Titus an, voll der Liebe, die sich gerade einen Weg aus ihrem Herzen bahnte. »Das tue ich.«

Dawsons erwiderndes Lachen war überraschend kalt. »Weißt du, was du gewählt hast? Ich hätte dir Anständigkeit und Trost, eine Familie und Sicherheit gegeben, aber du bevorzugst den Mann, der dich vor all den Jahren ruiniert hat.«

Dunkelheit schlich sich in Noras Glück und warf Schatten darauf. Sie sah Titus an, fragte aber Dawson: »Wovon sprechen Sie?«

Es war jedoch Titus, der antwortete. »Er spricht von Haywood und wie ich ihn ermutigte, dem törichten Mädchen nachzustellen, das dachte, er würde sie heiraten. Ich sagte ihm, er solle sich alles nehmen, womit er davonkommen würde und auch, dass niemand es jemals herausfinden würde.«

Plötzlich erinnerte sie sich an den Marquis von Ravenglass. Er war der Anführer der Gruppe gewesen, mit der Haywood zusammen war. Er war der Inbegriff des Unberührbaren gewesen, dessen Ruf ihn fast inakzeptabel machte. *Fast.* Aber nicht ganz, denn er war schließlich der Erbe eines Herzogtums. Und jeder wusste, dass ein zukünftiger Herzog tun konnte, was immer ihm beliebte, einschließlich der Tatsache, junge Schwachköpfe dazu zu bringen, es ihm gleichzutun.

Sie wusste ohne Zweifel, dass das, was Dawson sagte, der Wahrheit entsprach. Alles, was sie tun musste, war, den Schatten zu sehen, der sich über Titus' Gesicht legte, und das Bedauern, das sich in seinen Blick einschlich.

Die Enttäuschung wirbelte durch sie hindurch. »Du hast Haywood ermutigt. Hast du dich von Anfang an daran erinnert, wer ich bin?«

Sein Mund war schmal und unnachgiebig. »Das habe ich.«

»Hast du mir deshalb geholfen? Ist das der Grund, warum Lady Satterfield mich protegiert?«

»*Nein.*« Seine Antwort erfolgte unmittelbar und heftig. Emotionen fluteten seine Augen. »Es ist wahr, ich fühlte mich schuldig, aber als ich erfuhr, wen sie als ihre Gesellschafterin eingestellt hatte, begrüßte ich die Gelegenheit, das Unrecht zu korrigieren, das ich dir angetan hatte. Ja, ich wollte dir helfen.« Sein Blick wurde weicher. »Nur hätte ich nie gedacht, dass du diejenige sein würdest, die mich rettet.«

Sie hatte ihn gerettet? Sie war sich nicht ganz sicher, was er meinte, aber die Empfindung war so wunderbar und so rein, dass sie wusste, dass Titus nicht mehr der Mann war, der er vor neun Jahren gewesen war. Und sie war auch nicht das gleiche naive, unschuldige Mädchen. Und jetzt, mit Titus, könnte sie die Vergangenheit endlich beiseitelegen. Sie könnte die Frau sein, nach der sie sich sehnte – eine Frau mit einer Wahl.

Sie schaute zwischen den beiden Männern hin und her. Die Hoffnung und Verletzlichkeit in Titus' Augen, gepaart mit der Macht der Wahl, die er ihr wieder einmal gewährte, machte ihr die Entscheidung ganz einfach.

Sie drehte den Kopf, um Dawson anzusehen, und sagte einfach: »Ja, ich wähle Titus.«

*T*itus hatte gesehen, wie die Freude aus ihrem Gesicht verblasst war, nachdem Dawson die Wahrheit ausgespuckt hatte. Nun fixierte er sie, unsicher bezüglich dessen, was er sah.

»Titus.«

Dieses einzelne Wort kam von der Türöffnung. Seine Stiefmutter war ihnen gefolgt und hatte alles, was Dawson gesagt hatte, deutlich mit angehört. Der Kummer in ihrem Tonfall schnitt direkt in seine Seele. Es war, als würde sein Vater wieder den Glauben an Titus verlieren.

Dawson spottete. »Natürlich würdest du einen Herzog über mich stellen.«

Titus' Stiefmutter betrat die Terrasse. »Sie hat den besseren Mann gewählt, Tölpel. Sie sollten die Treppe hinunter in den Garten nehmen und auf diesem Weg entkommen. Wenn Sie es nicht tun, fürchte ich, dass Sie von der Meute im Salon lebendig gefressen werden. Sobald sie herausfinden, dass Nora mit meinem Sohn verlobt ist, werden Sie zum Gespött werden.«

Dawson schürzte seine Lippen und warf Nora einen letzten flehentlichen Blick zu. »Ich wollte dich nicht an Markham verlieren.« Verwirrt blickte er in Titus' Richtung. »Ich wusste nicht einmal, dass er auch auf der Jagd ist.« Er wandte seine Aufmerksamkeit wieder Nora zu. »Ich entschuldige mich. Ich sollte in meiner Niederlage wohlwollend sein. Ich wünsche Ihnen beiden alles Gute.«

Nora lächelte ihn an, was mehr war, als er verdiente. »Danke. Ich wünsche Ihnen auch alles Gute.«

Titus staunte über ihre Gelassenheit und ihre Selbstlosigkeit. Wenn er nicht schon kopfüber in sie verliebt gewesen wäre, wäre er es jetzt.

Dawson drehte sich um und ging nach links.

Die Gräfin räusperte sich. »Das wird einen ziemlichen

Aufruhr verursachen. Das Chaos, das Dawson angerichtet hat, war aufregend genug, aber ich fürchte, diese Entwicklung könnte die ganze vornehme Gesellschaft erschüttern.«

Titus sah Nora an. Die Liebe, die er für sie empfand, drohte ihm aus der Brust zu springen wie ein lebendes, atmendes Ding. Ein wahrer Drache von Emotionen, wie er sie noch nie erlebt hatte. »Es ist mir egal.«

»Nun, ich bin mir sicher, dass dem so ist«, sagte seine Stiefmutter. »Aber Nora könnte anders denken.«

Nora schaute nicht von Titus weg. Sie streichelte seine Hände mit ihren Daumen. »Genaugenommen tue ich das nicht. Wenn ich die *Verbotene* Herzogin sein soll, muss ich mich um das Geschwätz der Leute nicht kümmern. Zumindest nicht um etwas, was ich nicht will. Und ich habe mich entschieden, das Gespräch anderer zu ignorieren. Titus, ich werde vielleicht nie einen Ball halten. Ist das für dich in Ordnung?«

»Es bringt mich nur dazu, dich noch mehr zu lieben.«

Ihr Mund wölbte sich zu einem Lächeln, das zu gleichen Teilen freudig und verführerisch war. Titus wollte nichts sehnlicher, als sie allein für sich zu haben.

Nora drehte sich um und sah die Gräfin an. »Müssen wir wieder hineingehen?«

Seine Stiefmutter schüttelte sanft den Kopf, ihr Gesichtsausdruck war resigniert, aber glücklich. »Nein. Ich werde euch entschuldigen. Titus, ich bedaure, dir mitteilen zu müssen, dass dein fragwürdiger Ruf noch fragwürdiger werden wird – nicht, dass du dem Beachtung schenken wirst.«

Er zog Nora näher heran. »Nicht ein bisschen.« Er beugte sich vor und atmete den blumigen Duft ihres Haares ein, bevor er einen Kuss auf ihre Schläfe drückte.

Auf dem Gesicht seiner Stiefmutter zeigte sich ein breites Lächeln. »Du hast mich sehr glücklich gemacht. Ihr beide habt das.« Sie drehte sich um, ging zurück ins Haus und schloss die Tür hinter sich.

Nora sah zu ihm auf. »Hast du gemeint, was du gesagt hast? Dass du mich liebst?«

»Ja. Es tut mir leid, dass ich es dir nicht früher gesagt habe. Ich glaube, mir ist es neulich Abend klar geworden. Es war nur … es hat mich überrascht. Ich bin nicht gut in solchen Dingen. Menschen zu lieben. Sie mir nahekommen zu lassen.«

»Ich weiß. Du hältst dich von allen anderen fern. Ist es wegen dem, was mit Haywood passiert ist?«

Er konnte ihr Mitgefühl kaum verstehen. »Ich wollte es dir sagen. Ich wusste nur nicht, wie. Du solltest wütend auf mich sein. Ich war daran beteiligt gewesen, dich zu ruinieren.«

»Du warst jung und dumm – wie ich. Was meintest du damit, als du sagtest, ich hätte dich gerettet?«

»Ich habe mich selbst gehasst, nachdem, was mit dir passiert ist. Nicht nur, weil es dich betroffen hat, sondern auch wegen der Enttäuschung, die ich meinem Vater bereitet habe. Er starb kurz darauf und ich war ganz einfach am Boden zerstört. Ich habe all die Jahre Buße getan. Dir zu helfen, dich zu lieben, hat mich befreit.«

Tränen glitzerten in ihren Augen. »Oh Titus, ich fühle genau das Gleiche.«

Er streichelte ihr mit einer Fingerspitze über die Wange. »Ich wünschte, mein Vater hätte dich kennengelernt. Er hätte dich sehr gemocht.«

Sie grinste. »Ich bin sicher, das Gefühl hätte auf Gegenseitigkeit beruht.«

»Bist du sicher, dass es dir nichts ausmachen wird, die Verbotene Herzogin zu sein? Du warst für eine Weile die begehrteste Frau der Stadt.«

Sie lachte. »Ja, meine kurze Zeit im Rampenlicht. Nur

brauche ich das nicht, wenn ich dich habe. Du bist alles, was ich will, Titus. Alles, was ich brauche. Ich liebe dich.«

Er zog sie in seine Arme und küsste sie auf den Mund. Sie küsste ihn zurück und entfachte seine Begierde. Er entschied sofort, dass eine spezielle Lizenz zwingend erforderlich sei.

Nach einem langen Moment hob er seine Lippen von ihren und sah ihr in die Augen. »Ich habe mein ganzes Leben lang auf dich gewartet und ich würde noch tausend weitere warten. Du hast mich zum glücklichsten Mann der Welt gemacht. Glaubst du, sie werden mich den Vernarrten Herzog nennen?«

Sie kicherte. »Es ist mir egal, wie sie dich nennen, solange alle verstehen, dass du mein Herzog bist.«

Er beugte seinen Kopf, um sie erneut zu küssen. »Für alle Ewigkeit.«

EPILOGUE

London, 1816

Während sich in den letzten fünf Jahren einige Dinge geändert hatten – allem voran die Erweiterung der Familie um die beiden Kinder von Nora und Titus – blieb vieles unverändert. Lady Satterfield war immer noch Gastgeberin des ersten großen Events der Saison und Titus tanzte immer noch nur den ersten Tanz, nun allerdings stets mit Nora. Nora begab sich früher zu Satterfield House, um ihrer Schwiegermutter bei den Vorbereitungen zum Ball behilflich zu sein.

Als sie den Ballsaal betrat, empfand Nora wieder eine gewisse Nostalgie. Jedes Jahr erinnerte sie sich an den Abend, der ihr Leben verändert hatte. An den Abend, an dem sie sich hoffnungslos in ihren Mann verliebt hatte.

Sie lächelte, als sie daran dachte, dass er zu Hause war und ihren Kindern vorlas. Er würde in Kürze zum Ball erscheinen, rechtzeitig für ihren Tanz.

Lady Satterfield betrat den Salon, der wieder einmal in einen glitzernden Ballsaal verwandelt worden war und bald mit Londons feinster Gesellschaft gefüllt sein würde. Titus und Nora blieben weitestgehend unter sich, aber sie waren keine Einsiedler. Nora besuchte während der Saison viele Veranstaltungen mit Lady Satterfield, aber ihr Hauptaugenmerk lag immer auf ihrer Familie. Sie achtete wenig auf die vornehme Gesellschaft und vermutete, dass sie dabei war, das zu werden, was sie einst verspottet hatte – eine Unberührbare. Allerdings nicht in dem Sinne, wie man meinen könnte. Sie war unberührbar, weil sie gelernt hatte, sich nicht darum zu kümmern, was die Leute sagten oder dachten. Und es war ein glückseliger, befreiender Geisteszustand.

»Nora, du siehst so schön aus wie immer«, sagte Lady Satterfield, bevor sie sie schnell umarmte. Sie tauschten Küsse auf die Wange aus und Nora erwiderte das Kompliment. »Wie geht es meinen Enkeln?«, fragte die Gräfin erwartungsvoll. Sie sah sie mehrmals in der Woche.

»Sehr gut. Sie genießen derzeit die ungeteilte Aufmerksamkeit ihres Vaters.«

Lady Satterfield lächelte herzlich. »Er ist einfach in sie vernarrt. Sein Vater wäre so stolz.«

Obwohl Nora ihn nie kennengelernt hatte, stimmte sie von ganzem Herzen zu. Titus hatte viel zu lange die Schuld mit sich herumgetragen, nicht den Erwartungen seines Vaters gerecht geworden zu sein und ihm nicht gesagt zu haben, wie sehr er ihn geliebt hatte. Er hatte endlich einen Weg gefunden, sich selbst zu vergeben, und er schrieb das Nora zu. Sie glaubte jedoch, dass sie diese alten Dämonen gemeinsam besiegt hatten.

Soeben traf der erste Gast ein – Lady Dunn mit ihrer neuen Gesellschafterin. Die betagte Viscountess bediente sich nun eines Gehstockes, aber sie war so aufmerksam und scharfsinnig wie immer. Nora begrüßte sie gemeinsam mit Lady Satterfield.

»Es ist immer eine Freude, Sie zu sehen, Eure Hoheit«, sagte Lady Dunn. Sie schien besondere Freude daran zu haben, Nora mit ihrem Titel ansprechen zu können, seit sie eine Herzogin geworden war.

Nora küsste die weiche Wange der Frau. »Sie sehen heute Abend besonders apart aus.«

»Du kannst meiner neuen Gesellschafterin Anerkennung dafür zollen.« Lady Dunn neigte ihren Kopf zu der großen jungen Frau, die direkt hinter ihr stand. »Das ist Miss Ivy Breckenridge. Sie empfahl mir dieses Gebilde für mein Haar.«

Das ›Gebilde‹ bestand aus einer Feder und einigen Blumen. Es verlieh ihr die Körpergröße, die sie immer anstrebte – Lady Dunn war eher von kleiner Statur und benutzte oft eine Feder, um größer zu wirken – sowie einen Hauch von jugendlichem Charme durch die Sträußchen.

»Es ist wunderschön«, sagte Nora. Sie sah Miss Breckenridge an, deren Gesichtsausdruck teilnahmslos war. »Gut gemacht.«

Die Gesellschafterin nickte leicht. »Danke. Kommen Sie, Lady Dunn, wir müssen Sie zu Ihrem Platz bringen.«

»Ja, ja, ein Stuhl würde nicht schaden.«

»Wir haben genau den richtigen Platz für Sie im Wohn-zimmer, mit einem perfekten Blick durch die offene Tür auf die Tanzenden«, sagte Nora, führte sie aus dem Ballsaal und überließ Lady Satterfield ihrem Mann, der sie begleitete, um ihre Gäste zu begrüßen.

Innerhalb der nächsten halben Stunde herrschte in den Räumlichkeiten der übliche Andrang. Der Tanz würde bald beginnen, was bedeutete, dass Titus sich gerade noch recht-zeitig in den Saal hereinschleichen würde, um mit ihr zu tanzen. Nora lächelte voller Vorfreude vor sich hin, während ihre Füße sie zu den offenen Terrassentüren trugen.

In der einen Ecke entdeckte sie drei junge Damen, eine davon war die rätselhafte Miss Breckenridge, die sie zuvor schon kennengelernt hatte. Die Damen saßen eng beieinander, aber Miss Breckenridge hielt ein Auge auf Lady Dunn.

Nora ging auf sie zu. »Guten Abend noch einmal, Miss Breckenridge. Und einen guten Abend für Ihre Freundinnen.« Sie betrachtete die beiden, von denen eine Frau eine durchschnittliche Körpergröße, dunkle Haare und temperamentvolle Haselnuss-braune Augen besaß. Die andere war etwas kleiner, mit braunem lockigem Haar und den auffälligsten blauen Augen, die Nora je zu Gesicht bekommen hatte. »Guten Abend, ich bin Lady Kendal. Es ist mir ein Vergnügen, Sie in Satterfield House willkommen zu heißen.«

Der Kiefer der Frau mit dem lockigen Haar klappte auf, aber nur kurz, bevor sie unwillkürlich herausplatzte: »Sie sind die Verbotene Herzogin.«

Die andere dunkelhaarige Frau stieß ihr in die Rippen, bevor sie strahlend lächelte. »Ignorieren Sie Miss Knox. Sie hatte schon zu viel Ratafia.«

Nora lachte leise. »Ich *bin* die Verbotene Herzogin.«

Die Frau, die Miss Knox mit dem Ellenbogen gestoßen hatte, zuckte zusammen. »Wir entschuldigen uns. Es ist unhöflich, Leuten Namen zu geben.«

»Wissen Sie, dass ich, als ich in Ihrem Alter war, alle hochmütigen Gentlemen in London als die Unberührbaren bezeichnete – Männer, die so weit über meinem Stand waren, dass ich mir nicht vorstellen konnte, mit ihnen zu sprechen, geschweige denn sie zu heiraten. Männer wie mein Ehemann.« Sie kam nicht umhin, erneut zu lachen.

Alle starrten sie an und dann stimmte die Frau, die sich entschuldigt hatte, in ihr Lachen ein. »Das gefällt mir – die Unberührbaren. Ich bin Miss Parnell und das ist Miss Knox.«

»Ich freue mich, Sie beide kennenzulernen.«

Miss Knox legte ihren Kopf schief. »Heißt das, Sie waren wie wir?«

»Das kann ich nicht sagen, aber ich war ein ziemlich armes Mädchen vom Lande, das das Glück hatte, einen Cousin zu haben, der sie protegierte.« Sie rückte näher und senkte ihre Stimme. »Und dann besaß ich die Unverschämtheit, mich in einer kompromittierenden Situation mit einem Gentleman erwischen zu lassen, der sich weigerte, mich zu heiraten. Ich wurde postwendend aufs Land zurückgeschickt. Ruiniert.«

Ihre Augen waren größer geworden. Miss Knox stotterte: »Aber Sie sind eine Herzogin.«

»Nur durch das Schicksal. Und die Freundlichkeit meiner Schwiegermutter, Lady Satterfield. Sie gab mir eine zweite Chance, als niemand sonst es tat.«

»Es ist wie ein Märchen«, sagte Miss Breckenridge. Sie schürzte ihre Lippen. »Ich glaube nicht an Märchen.«

Miss Parnell rollte mit den Augen. »Natürlich nicht, aber dieses hier ist offensichtlich wahrhaftig.« Sie grinste Nora an. »Achten Sie nicht auf Ivy. Sie begnügt sich damit, eine Gesellschafterin zu sein und konzentriert ihre Energien darauf, denen zu helfen, die weniger Glück haben.«

Nora sah die junge Frau fasziniert an. »In der Tat? Ich würde gerne irgendwann mehr darüber erfahren. Vielleicht kommen Sie und Lady Dunn bald zum Tee.« Nora lud selten Leute in ihr Stadthaus ein, aber Lady Dunn und ihre Gesellschafterin gehörten zu einem besonderen Kreis von Freunden.

Ivy blinzelte. »Wenn Sie darauf bestehen.« Sie schien überrascht ob Noras Interesse.

Nora vermutete, dass es für eine Dame ihres Standes ungewöhnlich war, derartigen Frauen Beachtung zu schenken, ganz zu schweigen davon sie in ihr Haus einzuladen. Sie sah die anderen beiden Damen an. »Sie sollten auch kommen, denn es scheint, dass Sie alle Freundinnen sind.«

Miss Knox schniefte. »Leider muss ich in ein paar Tagen nach Hause zurückkehren.«

»Sie sind nicht wegen der Saison hier?«, fragte Nora.

Miss Knox schüttelte den Kopf. »Meine Eltern weigern sich, eine weitere Saison zu finanzieren. Sie sagten, drei seien mehr als genug, und wenn ich bis zu diesem Zeitpunkt keinen wohlhabenden Mann in London finden konnte, müsste ich darauf hoffen, dass jemand in unserem Distrikt den Anforderungen gerecht wird.« Sie lächelte Miss Parnell an. »Lucy und ich sind vor ein paar Jahren Freundinnen geworden und sie hat mich eingeladen, sie in dieser Woche zu besuchen.«

Miss Parnell hatte ihren Arm mit dem von Miss Knox verschränkt. »Ich wünschte, du könntest die ganze Saison über hierbleiben.«

»Das kann sie«, mischte sich Nora ein, ohne nachzudenken. »Miss Knox, bitte erlauben Sie mir, Sie zu protegieren.« Es war ein spontanes Angebot, aber eines, das sie nicht bereute. Sie erwärmte sich für die Idee, für jemand anderen das zu tun, was Lady Satterfield für sie getan hatte. Lady Satterfield würde ihr sicherlich helfen – oder vielleicht sogar versuchen, Miss Knox selbst zu fördern.

Miss Knox' Kiefer klappte erneut herunter, aber diesmal etwas länger. »Eure Hoheit, das ist … ich weiß nicht, was ich sagen soll.«

Nora lächelte sie an. »Sagen Sie einfach ja. Ohne die freundliche und großzügige Unterstützung meiner Schwiegermutter hätte ich Kendal vermutlich nicht geheiratet. Es würde mich sehr freuen, Ihnen in dieser Saison das Gleiche anbieten zu können.«

Miss Parnell wandte sich an ihre Freundin, ihre Miene war lebhaft und ihr Ton eifrig. »Wir werden sofort an deine

Eltern schreiben. Wie können sie das freundliche Angebot der Herzogin ablehnen? Sie werden begeistert sein, dich nicht mehr am Hals zu haben und in den Händen einer Herzogin zu wissen.«

Miss Knox sah Nora an. »Glauben Sie, ich könnte auch einen Herzog finden?«

Nora lachte. »Ich weiß nicht. Ich war überhaupt nicht auf einen Titel aus. Wie ich mir den Unberührbaren geangelt habe, ist mir noch immer ein Mysterium.«

»Ich befürchte, dass wir uns diese Phrase zu Eigen machen müssen – die Unberührbaren«, sagte Miss Parnell. »Würde es Ihnen etwas ausmachen?«

»Überhaupt nicht.«

»Es ist ein ausgezeichneter Ausdruck und wird sich hervorragend in unsere Liste von Namensgebungen einfügen.« Miss Parnell tauschte humorvolle Blicke mit Miss Knox, die kicherte, und Miss Breckenridge, deren Lippen zu einem charmanten Lächeln wurden – das erste, das Nora bei ihr gesehen hatte.

»Erzählen Sie mir davon«, drängte Nora.

Miss Knox blickte an Nora vorbei in die Menge der Ballgäste. »Wir haben Namen für bestimmte Gentlemen.« Sie deutete auf den Earl of Dartford. »Nehmen wir zum Beispiel Dartford. Er ist der Wagemutige Herzog.«

»Aber er ist kein Herzog«, sagte Nora.

Miss Parnell zuckte mit den Schultern. »Nein, aber aus unserer Sicht könnten sie genauso gut alle Herzöge sein.«

»Und Dartford ist sicherlich wagemutig«, bemerkte Miss Breckenridge, nicht ohne einen Hauch von Verachtung. »Er veranstaltet jeden Dienstag ein Rennen im Park, kann in den schlimmsten Höllen beim Spielen gefunden werden und ich habe gehört, dass er nackt in der Themse geschwommen ist.«

Miss Knox nickte vornehmlich. »Das ist wohl wahr. Wir nennen den Earl of Sutton den Herzog der Täuschung.«

»Weil er so viele junge Frauenzimmer dazu gebracht hat, zu glauben, dass ein Antrag bevorsteht, nur um sie eiskalt fallen zu lassen«, sagte Miss Parnell.

»Ein durchaus verdienter Spitzname«, sagte Miss Breckenridge. »Und vergesst nicht den Herzog der Verderbtheit.« Sie kräuselte ihre Lippen, als sie den Namen sagte.

Nora schaute zwischen ihnen hin und her. »Wer könnte das sein?«

Miss Knox seuftzte. »Der Duke of Clare. Aber wir nennen ihn eigentlich den Herzog der Begierde. Ivy allerdings besteht darauf, ihn als verdorben zu bezeichnen.«

Miss Breckenridge sah Miss Knox mit verengten Augen an. »Weil er es ist.«

Miss Parnell klopfte mit dem Finger gegen ihr Kinn. »Er ist auch ein degenerierter, verdorbener und anrüchiger Mann, wenn du die Optionen für seine Namensgebung erweitern willst.«

Das provozierte ein weiteres Lächeln von Ivy und alle anderen lachten.

Miss Knox blickte sich um. »War er überhaupt eingeladen?«

»Ich bin mir sicher, dass er das war«, sagte Nora. »Er mag verdorben sein, aber er ist immer noch ein Unberührbarer. Ob er wirklich erscheinen wird, ist eine andere Sache.«

»Wie Ihr Ehemann.« Miss Parnell neigte ihren Kopf zum Eingang der Terrasse.

Nora drehte sich um und traf den smaragdgrünen Blick ihres Mannes. Sie fühlte einen vertrauten Ansturm von Aufregung und Vorfreude. Fünf Jahre Ehe hatten nicht die Anziehungskraft oder die Verbundenheit geschmälert.

»Bitte entschuldigen Sie mich. Ich freue mich auf unseren Tee«, sagte sie, bevor sie sich auf den Weg zu Titus machte.

Gekleidet in eine prächtige, mit Gold durchwobene elfenbeinfarbene Weste mit pechschwarzem Rock und Hose, war er mit Abstand der attraktivste Mann im Raum, aber das war er stets. Sein Haar war noch ziemlich dunkel, obwohl er hier und da ein paar Silberfäden hatte, die zu ignorieren er bevorzugte.

»Tut mir leid, dass ich zu spät bin.« Seine Stimme streichelte sie, als sie ihren Arm mit seinem verschränkte, um sich von ihm in den Salon führen zu lassen für den ersten Tanz. »Rebecca flehte mich noch um eine weitere Geschichte an, bevor ich ging.«

Ihre Tochter war vier Jahre alt und sie liebte nichts mehr, als ihrem Vater zuzuhören, wie er ihr vorlas. Christopher, der erst zwei Jahre alt war, konnte noch nicht eine ganze Geschichte lang wach bleiben, aber die Zeit würde kommen.

»Und du konntest nicht ablehnen«, sagte Nora und lächelte ihn an, als sie sich ihren Schwiegereltern näherten, die die Linie für den Tanz bildeten.

»Wer kann diesen schönen haselnussbraunen Augen widerstehen? Sie ist das Ebenbild ihrer Mutter und da ich alles für dich tun würde, würde ich alles für Becky tun.«

Nora nahm ihren Platz ihm gegenüber ein und die Musik begann. »Kannst du glauben, dass wir uns vor fünf Jahren an ebendiesem Ort getroffen haben?«

»Ja und nein. Es scheint, als wäre es erst gestern gewesen, und doch kann ich mich kaum mehr an mein Leben erinnern, bevor du ins Spiel kamst.«

Als sie an der Reihe waren, wiederholte er die Bewegungen, die er bei ihrem ersten Tanz gemacht hatte, umkreiste sie und glitt mit seiner Hand über ihre Taille. Seine Berührung war diesmal fester und seine Hand verweilte weitaus länger.

Sie sah in seine geliebten Augen. »Ich glaube, ich habe mich bei diesem Tanz in dich verliebt.«

»Genau da ist es mir passiert«, sagte er. »Von diesem Moment an war ich ein anderer Mann. Denk an all die

Anlässe, zu denen ich zum ersten Mal seit Jahren gegangen bin – nur damit ich in deiner Nähe sein konnte.«

Sie lachte leise.»Ja. Im Nachhinein war es ziemlich aufschlussreich.«

Sie erreichten das Ende der Linie und er hob ihre Hand zu seinen Lippen.»Danke, dass du mir ein Leben gegeben hast, das ich liebe.«

Sie lächelte ihn an und die Liebe sprengte ihre Brust. Er hatte ihr ein Leben gegeben, das sie sich nie vorgestellt hatte, und eine Liebe für alle Zeiten.

Vielen Dank, dass Sie Der verbotene Herzog gelesen haben. Ich hoffe, es hat Ihnen gefallen! Verpassen Sie nicht Lucy, Aquilla und Ivys Geschichten in Der wagemutige Herzog, Der Herzog der Täuschung, und Der Herzog der Begierde! (Und Jo bekommt eine Geschichte in Der trotzige Herzog!)

Möchten Sie erfahren, wann mein nächstes Buch verfügbar ist? Sie können sich für meinen Deutscher Newsletter anmelden, mir auf Amazon.de folgen und meine Facebook-Seite liken. Alle Newsletter-Abonnenten erhalten exklusive Bonus-Geschichten, die sonst nirgends erhältlich sind, unter anderem auch die einleitende Vorgeschichte zur Buchreihe *Der Phönix Club.*

Rezensionen helfen anderen, Bücher zu finden, die für sie geeignet sind. Ich schätze alle Bewertungen, ob positiv oder negativ. Ich hoffe, dass Sie erwägen werden, eine Bewertung bei Ihrem bevorzugten der Seite Ihres bevorzugten Internet-Netzwerkes abzugeben.

Ich mag meine Leser so sehr. Danke!

**Sind Sie an weiterer Regency-Romantik interessiert?
Schauen Sie sich meine anderen historischen Serien an:**

Die Unberührbaren: Die Prätendenten
In der faszinierenden Welt der Unberührbaren spielend,
handelt die Saga von einem Geschwistertrio, die sich darin
auszeichnen, sich als jemand auszugeben, der sie nicht sind.
Werden ein unerschrockene Bow Street Ermittler, ein
niedergeschmetterter Viscount und eine desillusionierte
Dame der feinen Gesellschaft es schaffen, ihre Geheimnisse
zu lüften?

Regeln für Halunken
Als eine junge Lady ruiniert wird, schwören ihre
Freundinnen, dass keine von ihnen sich jemals wieder von
einem Herzensbrecher umgarnen lässt. Sie werden dem
Charme eines jeden Gentleman widerstehen, selbst – und
vor allem – wenn dies bedeutet, sich damit den Ruf zu
erwerben, unmöglich zu erobern zu sein. Es braucht schon
außergewöhnliche Herzensbrecher, um ihre Regeln zu
brechen ...

Der Phönix Club
Die exklusivste Einladung der feinen Gesellschaft ...

Willkommen im Phönix Club, in dem Londons waghalsigste,
anrüchigste und intriganteste Ladys und Gentlemen
Skandale, Erlösung und eine zweite Chance finden.

Die Bräute von Marrywell
Kommen Sie nach Marrywell, im schönen England, denn
hier findet schon seit Hunderten von Jahren alljährlich das

Maifest zur Partnerfindung statt, bei dem hoffnungsvolle Romantiker zusammenkommen. Die Herzöge und Halunken des Regency-Zeitalters begegnen hier temperamentvollen und bezaubernden Ladys, die ihnen ihre Herzen stehlen könnten.

Chroniken der Ehestiftung

Der Pfad der wahren Liebe verläuft niemals geradlinig. Manchmal ist eine Hausparty zur Ehestiftung vonnöten. Wenn Paare sich auf einer Hausparty kennenlernen, ereignen sich provokative Flirts, heimliche Rendezvous und Verliebtheit im Überfluss.

Ruchlose Geheimnisse und Skandale

Sechs unglaubliche Geschichten, die sich in den glamourösen Ballsälen Londons und den herrlichen Landschaften Englands abspielen.

Die Liebe ist überall

Herzerwärmende Nacherzählungen klassischer Weihnachtsgeschichten im Regency-Stil, die in einem gemütlichen Dorf spielen und von drei Geschwistern und dem besten Geschenk von allen handeln: der Liebe.

Der Club der verruchten Herzöge

Sechs Bücher, geschrieben von meiner besten Freundin, der New York Times Bestseller-Autorin Erica Ridley, und mir. Lernen Sie die unvergesslichen Männer von Londons berüchtigtster Taverne, dem Verruchten Herzog, kennen. Verführerisch attraktiv, mit Charme und Witz im Überfluss, wird eine Nacht mit diesen Wüstlingen und Filous nie genug sein ...

BÜCHER VON DARCY BURKE

Historische Romantik

Die Unberührbaren

Ein Earl als Junggeselle (prequel)

Der verbotene Herzog

Der wagemutige Herzog

Der Herzog der Täuschung

Der Herzog der Begierde

Der trotzige Herzog

Der gefährliche Herzog

Der eisige Herzog

Der ruinierte Herzog

Der verlogene Herzog

Der betörende Herzog

Der Herzog der Küsse

Der Herzog der Zerstreuung

Der unverhoffte Herzog

Der charmante Marquess

Der verwundete Viscount

Die Unberührbaren: Die Prätendenten

Geheimnisvolle Kapitulation

Ein skandalöser Pakt

Des Gauners Rettung

Der Phönix Club

Der Earl mit dem flammendroten Haar

Das Geschenk des Marquess

Eine Freude für den Herzog

Ruchlose Geheimnisse und Skandale

Ihr ruchloses Temperament

Sein ruchloses Herz

Die Verführung des Halunken

Verliebt in eine Diebin

Die Schöne und der Halunke

Einmal Halunke, immer Halunke

Der Club der verruchten Herzöge

Eine Nacht zum Verführen by Erica Ridley

Eine Nacht der Hingabe by Darcy Burke

Eine Nacht aus Leidenschaft by Erica Ridley

Eine Nacht des Skandals by Darcy Burke

Eine Nacht zum Erinnern by Erica Ridley

Eine Nacht der Versuchung by Darcy Burke

ÜBER DIE AUTORIN

Darcy Burke ist die USA Today Bestsellerautorin für sexy, emotionale, historische und zeitgenössische Romantik. Darcy schrieb ihr erstes Buch im Alter von 11 Jahren – mit einem Happy End – über einen männlichen Schwan, der von der Magie abhängig war, und einen weiblichen Schwan, der ihn liebte, mit nicht sehr gelungenen Illustrationen. Schließen Sie sich ihr an newsletter!

Darcy, die in Oregon an der Westküste der Vereinigten Staaten geboren wurde, lebt am Rande des Wine Country mit ihrem auf der Gitarre spielenden Ehemann und ihren beiden ausgelassenen Kindern, die das Schreiben geerbt zu haben scheinen. Sie sind eine nach Katzen verrückte Familie mit zwei bengalischen Katzen, einer kleinen, familienfreundlichen Katze, die nach einer Frucht benannt ist, und einer älteren, geretteten Maine Coon, die der Meister der Kühle und der fünf-Uhr-morgens-Serenade ist. In ihrer ›Freizeit‹ ist Darcy eine regelmäßige ehrenamtliche Mitarbeiterin, die in einem 12-stufigen Programm eingeschrieben ist, in dem man lernt, ›Nein‹ zu sagen, aber sie muss immer wieder von vorne anfangen. Ihre Lieblingsplätze sind Disneyland und das Labor Day Wochenende in The Gorge. Besuchen Sie Darcy online unter https://www.darcyburke.de.

facebook.com/darcyburkefans
instagram.com/darcyburkeauthor
pinterest.com/darcyburkewrites
goodreads.com/darcyburke

IMPRESSUM

Deutsche Erstausgabe von:
Darcy E. Burke Publishing
Zealous Quill Press
13500 SW Pacific Hwy., Ste. 58-419
Tigard, OR, 97223
USA

Für die Originalausgabe:

Redaktion: Heike Conrad
Umschlaggestaltung: Dar Albert, Wicked Smart Designs.

ISBN: 9781637261484

www.darcyburke.de

www.ingramcontent.com/pod-product-compliance
Lightning Source LLC
Chambersburg PA
CBHW050328110726
47899CB00007B/2412